帝室宮殿の見習い女官

シスターフッドで勝ち抜く方法

小田菜摘

講談社
タイガ

イラスト——青井 秋
デザイン——長崎 綾（next door design）

目次

海棠妃奈子《かいどうひなこ》
華族女学校を卒業。望まない見合いを回避して、宮中の命婦御雇（女官見習い）に。
高辻純哉《たかつじすみや》
帝大卒業後、宮内省勤務に。奥羽出身。涼宮の侍官。

登場人物紹介

イラスト 青井秋

涼宮・梢子内親王《すずのみや・たかこないしんのう》

今上の伯母。
長身、美貌の麗しき摂政宮。

月草《つきくさ》

内侍。妃奈子の世話親となる。
華族女学校では涼宮のご学友。

帝室宮殿の見習い女官

シスターフッドで勝ち抜く方法

第一話

四月中旬に迎賓館で催される『観桜会』は、帝室主催の恒例の園遊会である。来賓の内訳は外国の使臣とその家族が中心だが、他にも国内の殊勳者、高官、皇族、華族も招待されている。

薄紅色の八重桜が咲き乱れる庭園では、豪奢《ごうしゃ》な昼の礼服に身を包んだ貴賓達《たち》がグラスや小皿を手に談笑していた。霞《かすみ》がたなびく中で繰り広げられる優雅なこの光景を、見習い宮中女官・海棠妃奈子《かいどうひなこ》は、木陰にたたずみつつ見守っていた。

芳紀《ほうき》まさに十九歳。すらりとした長身にまとった赤と黒を基調にしたくっきりとした大振袖は、花車《はなぐるま》と流水紋《りゅうすいもん》の古典柄を配した五つ紋の格調の高い品。桜を模した簪《かんざし》を挿した当世風の耳隠しが、彫りの深い顔によく似合う。朧《おぼろ》げな春霞の中、くっきりと一人浮きあがったようなたたずまいを持つ、美しい乙女である。

会場をざっと眺めたかぎり、男性は洋装ばかりだった。文官はモーニング。軍人は儀礼用の軍服というちがいこそありはしたが。

女性も、外国の婦人は全員が尋問服《ヴィジティング・ドレス》だった。その単語ひとつでくくってしまうとあたかも無個性のようだが、それぞれの好みや流行、国柄に応じて貴婦人達が仕立てたドレスはデザインが千差万別で、来賓達から離れた場所でこうして眺めるだけでも十分に楽しめた。

いっぽうで日本の婦人の礼服は、尋問服の他に袿袴《けいこ》がある。特に礼服の袿《うちき》に採用される二陪織物《ふたえおりもの》は、古来より伝わる非常に手の込んだ技法で織り上げた逸品だった。

華麗な尋問服。古式ゆかしい袿袴。そんな非日常的な衣装の中に、今年はぽつぽつと白《しろ》衿《えり》紋付姿の婦人を見かけるようになっていた。

「去年のあなたの振袖が、よいきっかけになったようですね」

妃奈子の隣にいた藪蘭典侍《やぶらんてんじ》が話しかける。上方訛《かみがたなま》りのある彼女の声は、歯切れよく落ちついていて聞き取りやすい。京公家《くげ》出身の辣腕女官長という彼女の立場を表したような語り口調である。典侍とは宮中女官の役職のひとつで、事実上の最高位だった。ちなみに藪蘭という呼び名はもちろん本名ではない。高等女官は本採用のさい、帝《みかど》から直々に源氏名を授かり、以降はその名で呼ばれることになる。しかし見習いの妃奈子は、まだこの源氏名を授かっていない。

藪蘭がまとう尋問服は厚みのある天鵞絨《ビロード》で、室内では黒だと思っていたが、こうして屋外の光の下で見ると宵闇の空のような濃紺だった。裾に無数に縫い付けたビーズが星屑《ほしくず》のようにきらめく。

妃奈子は首を横に揺らした。

「いいえ。あれは月草《つきくさ》の内侍《ないし》さんの計らいですよ」

「あの人は涼宮《すずのみや》様の意向とあれば、どんな敏腕の官人や政治家より頭が回るものね」

そこで二人は声をそろえて笑った。

昨年の九月。命婦《みょうぶ》御雇《おやとい》として宮仕えをはじめたばかりの頃は、藪蘭の威厳にはただ気《け》圧《お》されるばかりだった。しかし半年の見習いの立場を経て試用期間に入ったいまでは、ずいぶんと気安く話せるようになった。もちろん緊張はするけれど、自身の不出来に萎縮するあまり、なにものが言えなくなるようなことはない。

「これで少しは、各家の負担も減るでしょう」

しみじみと藪蘭は言う。

実は昨年までは、こうした公の場での婦人は尋問服か袿袴の者ばかりだった。この二種のみが婦人の礼服と定められているのだが、たいそう高価なので内証《ないしょう》の厳しい家では誂《あつら》えることが難しい。それを気遣った宮内省は、数年前より白衿紋付での参加を許可したのだが、見栄《みえ》っ張《ば》りの華族達はなかなか袖を通さなかった。礼服を用意できないという不名誉をさらすぐらいなら、借金をしてでも衣装を準備するか、あるいは園遊会への参加そのものを諦めるかの二択だった。

しかし今回は、白衿紋付での参加者が見られるようになった。

それは昨秋の『観菊会』で、妃奈子が紋付の振袖を着たからである。もちろん来賓ではなく、こうやって片隅に控える供奉《ぐぶ》女官としてだが、主催者側が先陣を切ったことでようやく日本の婦人達も殻を破ることができたようだ。

紋付での参加が広まれば、日本の婦人の経済的負担はもっと減るだろう。

きっかけとなった『観菊会』での振袖を準備したのが、妃奈子の世話親で、藪蘭の部下でもある月草の内侍だった。内侍というのは高等女官のひとつ、掌侍《しょうじ》の別称である。

「ところで──」

藪蘭は話題を変えた。

「御上《おかみ》は問題なくお過ごしのようね」

妃奈子と藪蘭は、少し離れた場所に立つ自分達の主《あるじ》を見守った。

詰襟の制服に身を包んだ十四歳の少年帝は、侍従長を傍らに控えさせながらも、次から次に挨拶に訪れる外国の来賓に自身でにこやかに応対している。

年少を理由にこれまであらゆる政務や儀式を代行させていた帝だが、昨年からぼつぼつと自らで手掛けるようになった。昨秋の観菊会も新嘗祭《にいなめさい》も主催した。

その頃は不安げに見守っていた侍従長も、いまはすっかり安堵《あんど》した顔をしている。まことに昨年外交デビューを果たしたばかりとは思えぬそつのなさである。外国の要人はもちろん、親や祖父母のような年回りの相手にもまったく臆した様子はなく、さりとて尊大ではけしてない初々しい威厳を持って接している。

（あれこそ、持って生まれたものよね）

などと考えている妃奈子のもとに、いつのまにか三人の西洋の婦人が近づいてきた。そのうちの一人。若草色の絹モスリンのドレスを着た婦人とは顔見知りだった。

『ジョリス夫人』

『妃奈子さん、ご無沙汰ね。昨年の観菊会以来かしら』

『そうなりますね。お変わりはありませんか？』

ジョリス夫人のキングズイングリッシュは、英国領事夫人という立場にふさわしく優雅である。数ヵ月ぶりの再会にもかかわらず、彼女の声音は親しげだ。それでも横にいる藪蘭はちょっと緊張した顔をしている。

実は藪蘭は、外国人が苦手なのだ。

半世紀ほど前まで敷かれていた、いわゆる『鎖国』の影響なのか、この国は外国人が苦手な者が多い。特に先の代までの帝がその前半生をお過ごしになられた京都では、尊王《そんのう》攘夷《じょうい》（帝を崇拝し、外国人を排斥しようとする思想）の気風が強い傾向にあったというから、藪蘭などは親の影響をもろに受けているのだろう。

彼女にかぎらず御所の高等女官はほとんどが京都の旧公家出身なので、おしなべて外国人が苦手だった。ゆえにこの『観桜会』でも、まだ試用中の妃奈子が供奉女官に選ばれているのである。藪蘭は女官長という立場上避けられなかっただけで、苦手にはちがいないのだ。

幸いなことにジョリス夫人は、藪蘭の強張《こわば》った顔には気づかない。西洋人から見れば日本人は喜怒哀楽の表現が乏しいというから、もとからそんなものだと思っているのかもしれない。

彼女は自分の横にいる二人の婦人が、一人は夫の同僚の妻で、もう一人は米国領事夫人だと紹介した。

『二人とも妃奈子さんのお召し物に興味津々なのよ。よければ、もう少し見せてくれないかしら』

『もちろんです。どうぞごらんください』

そう言って妃奈子は、両手を広げて袖と裾の模様が見えるようにした。

華麗かつ繊細な意匠に、三人の婦人は目を輝かせた。

『なんと細やかな柄。これは刺繡《ししゅう》かしら？』

しげしげと振袖を眺めながら、米国領事夫人が直接妃奈子に問うた。ジョリス夫人とのやりとりを聞いて、彼女の英語力は承知したようだ。

『これは手描き友禅ですね。下絵を描いてから、染めるのです。ですがこの菊花の部分は刺繍で、こちらのきらきら散らした部分は金彩《きんだみ》です』

『まあ、布に絵を描くの』

夫人達は目を円くした。そういわれてみれば、服に絵を描くという技法は西洋ではあまり聞かない気がする。精緻な絵柄を表したタペストリーは、中世の時代から伝わるつづれ織りの技法だ。

妃奈子は藪蘭に尋ねた。

「友禅って、昔からある技術なのですか？」

「さほど昔ではありませんよ。発案されたのは二百年ほど前だから、技法としては新しいものです」

二百年前を昔ではないとするのが正しいのかは疑問だが、千年の長きにわたって伝わる技法に比べたらずいぶんと新しいものだろう。

『ところであなたが着ている着物と、あちらのご婦人が召しておられる着物は、同じ和服でもデザインがずいぶんとちがうようだけれど』

そう言ってジョリス夫人が視線を向けた先には、袿袴をまとった年配の婦人がいた。桐《ひさ》伏宮《ぶしのみや》家の親王妃である。

『あのお召し物は袿袴といいます。そうですね、宮中の伝統衣装と申しましょうか』

『では、歴史のある衣装なのね』

安易に、ええとうなずきかけたが、はたと止まる。いや、御一新《ごいっしん》前の宮中では長袴《ながばかま》をはいていたと聞いている。それに正装は袿袴ではなく唐衣裳《からぎぬも》、いわゆる十二単《じゅうにひとえ》だと習った。

妃奈子はジョリス夫人に断りを入れ、もう一度藪蘭にむきあう。

「袿袴は伝統装束だと、ご説明さしあげてよろしいでしょうか？」

その問いに藪蘭は首を傾《かし》げた。

「袿そのものは昔からあるけど、この着こなし方は新政府に入ってからですよ。その点では新しいとは言えるかもしれません。しかし袿の仕立てや織りは、古来変わらぬはずです。親王妃さまがお召しの品は二陪織物。浮き織りで地文を着けた上に上文《うわもん》を織り出した、平安時代からつづく伝統的な織物です」

流れる水のようにさらさらと語れるのは、藪蘭の中でその知識がしっかりと根付いているからなのだろう。言われてみれば友禅の袿など見たことがない。作ってみたら、それはそれで華やかだろうとは思うのだが。

「では、白衿紋付は？」

「それも案外、新しいしきたりです。そもそも武家からはじまった習慣ですからね。下方《したがた》の正装となったのは、新政府になってからのはず」

この場合の下方とは、一般の和服のことを指す。要するに袿袴と白衿紋付は、形としては昔からあるが、正装と規定されたのはわりと最近のことなのだ。

（なるほど）

ちょっと自分でも整理しきれていない部分はあったが、藪蘭に聞いたことをかいつまんでジョリス夫人達に説明をする。彼女達は興味津々といった体《てい》で妃奈子の話を聞く。流れから妃奈子が着ている振袖という着物は若い女性の礼装で、花嫁衣装としても用いられると説明すると『では、ウエディングドレスね』と目を輝かせた。

『ありがとう、とても興味深い話だったわ』

米国領事夫人が礼を述べたので、妃奈子は首を横に振った。

『いいえ。私もかなり勉強不足のところがありますので、次にお会いするときまでにしっかり学んで、十分な説明ができますように心がけます』

自らに言い聞かせるように、妃奈子は言う。正直、振袖をウエディングドレスとしたのには異論があったが、さりとて未婚の女性が着る振袖と、婚礼衣装としての振袖の差異を自分はうまく説明できない。

宮中に入って半年過ぎた。実家にいたときはあまり興味を持てなかった、この国の伝統やしきたりを学ぶことが楽しくなっている。もちろん「なぜ、そんな不合理な？」と首を傾げることは多々あるが、それはそれとして割りきっている。いずれ藪蘭の助言を受けずに、自分の知識で外国の人に説明ができるほど習熟したいと思う。

――それが、いまの私の目標。

三人の婦人が去ったあと、薮蘭の顔に目に見えて安堵の色が浮かんだ。取って食われるわけでもあるまいし、本当に外国人が苦手らしい。妃奈子は見ないふりをしたが、日頃が何事にも揺るぎを見せない薮蘭にも苦手なものがあるのだと、内心ではちょっとおかしみを感じていた。

「海棠。お前のおかげで、爵位返上を免れた家がいくつかあるぞ」

切子硝子《きりこガラス》のワイングラスを揺らしつつ上機嫌で語るのは、潔い断髪がよく似合う映画女優さながらの美女だ。紫の尋問服は絹クレープ地で、ふんだんに襞《ひだ》を寄せた仕立てで黒の繊細なレースで飾られている。

この佳人は摂政宮・涼宮梢子《たかこ》内親王。

今上の伯母で、先々帝の皇后が産んだ、近年では珍しい正室腹の直宮《じきみや》である。直宮とは天皇と直接のつながりがある皇族のことをいう。

妃奈子と薮蘭の傍《そば》にやってきたのは良《い》いが、立ちっぱなしで疲れたのだと言って侍臣に準備させた籐製の椅子に腰かけている。けれどうっすらと赤くなった目の周りなど見ていると、たんに酒が回ってしまっただけではとも思ってしまう。

「お呼びくだされば、こちらが参りますのに」

藪蘭は言った。立場的には、そうするのが順当である。

来賓を接待していたはずの涼宮が、とつぜん妃奈子と藪蘭の前に現れた。そうして口にしたのが、先程の「爵位返上を免れた」の発言である。

「尋問服や袿袴を揃《そろ》えるのは、たいそう金がかかる。しかし紋付ならたいていの者はひとつ持っているからな」

つまり紋付が許可されるまでは、衣装代が爵位を維持できないほどに家計を圧迫していたというわけである。

「摂政宮様、それぐらいで。あまりきこしめしますと……」

傍らから遠慮がちに諫《いさ》めたのは、風采のよい一人の青年だった。

彼の名は高辻純哉《たかつじすみや》。宮内省勤務の、涼宮付き侍官である。

すらりとした長身にそつなくモーニングを着こなした姿に、妃奈子はいつもうっとりとしてしまう。

女学校の卒業式の帰りに純哉と出会ってから、一年以上経《た》つ。あのときまだ残っていたぎこちなさや青臭さのようなものが社会人としての経験によりすっかり拭い去られ、いまの彼は洗練された完璧な青年官僚だ。

初対面のあのときから、妃奈子は純哉に惹《ひ》かれていた。そして人柄に触れるたび、その思慕はこの上なく順調に豊かに育まれていた。

「私が少々酔ったところで、なにも心配することはない。ご覧。御上もずいぶん来賓との会話が上達なされておいでだ」

などと言いながら目を細めた涼宮の視線の先には、要人達と談笑をする帝がいた。

この国のあるべき姿を示唆したような姿に、外国人嫌いの藪蘭も口許《くちもと》を緩めた。

「ご生誕のおりよりお世話させていただいている身としては、まことに感無量でございます。とはいえ御上は未成年でございますゆえ、摂政宮様にはまだまだ手助けいただかないと」

「引き際を図りそこなうと、丹後局《たんごのつぼね》とか馮太后《ふうたいごう》とか陰口を叩《たた》かれるぞ」

「そのような不遜を申す者は、どうせどこぞの伯爵ぐらいでございましょう」

皮肉めいた涼宮の物言いに対し、藪蘭は一瞬の戸惑いもなく返した。伯爵という称号を使ってはっきりと誰かを想定した物言いは、抜き身の太刀のように鋭い。

妃奈子と純哉は目を見合わせる。

藪蘭の当てこすりに、涼宮は気のない表情で言う。

「ほうっておけ」

藪蘭は一瞬不満の色を見せたが、すぐに平静を取り戻す。ただそれきり二人が口をつぐんでしまったので、場の空気が非常に気まずいものになってしまった。

（どうしよう、なにか話題を変えたほうが……）

内心で焦っているところに、涼宮が空になった切子のグラスを、誰にともなく突き出した。

「喉が渇いた。茶を持ってこい」

「あ、はい」

妃奈子と純哉が同時に声をあげ、たがいにきまり悪げに口をつぐむ。涼宮の命なのだから、とうぜん直属侍官の純哉の役割なのだが、つい反射的に返事をしてしまった。半年間も見習い女官をしていた習性というべきか。細々とした言いつけには、真っ先に手をあげてしまうのだ。

「妃奈子さん、私が行きます——」

「二人で行ってこい」

事も無げに涼宮が言った。え？　と思ったが、藪蘭の目配せで妃奈子は察した。涼宮は茶が欲しいわけではない。藪蘭に話があるのだ。それも、あまり人に聞かれたくない。そしてそれはおそらく、どこぞの伯爵のことにちがいない。

「妃奈子さん、行きましょう」

純哉が誘った。彼も主の意向を察したようだ。妃奈子はこくりとうなずいた。

涼宮からグラスを受け取り、二人はその場を離れた。桜の木を三本抜けたところで、純哉が嘆息した。

「志摩《しま》伯爵は、ご存じですか?」

「うっすらとは……」

妃奈子の返事に純哉は、もう一度嘆息した。

志摩伯爵は、公家出身の貴族院議員である。何度か目にしたことがあるが、還暦を少し過ぎたくらいの年回りで、ほどよく豊かな体形と美髯《びぜん》が印象的な人物だった。

男子禁制の御内儀と局《つぼね》を行き来する生活を送っている妃奈子が、なぜ彼の顔を知っているのかと言えば、志摩伯爵が何度か女官向けの応接室を訪ねてきているからだ。

志摩伯爵は御生母さま・白藤権典侍《しらふじごんのてんじ》の父親。すなわち帝の祖父にあたる人物だった。

今上の即位後、その関係から彼は太傅《たいふ》の地位を望んでいた。太傅とは帝が未成年の場合に置かれる官職で、その職掌は帝の傅育《ふいく》である。選任には摂政の意見が尊重される。もちろん諮問を経たうえで決まるので独断というわけではない。ただそれ以前の話として、摂政・涼宮は太傅の必要性を否定したのである。

このあたりの経緯はいろいろ複雑なものがあるようだが、妃奈子はよく分からない。しかしその結果として、志摩伯爵が涼宮を恨んでいることは公然の事実となっていた。娘の白藤も涼宮に反発しているから、父娘《おやこ》揃ってということになる。

「昨年の、帝国博物館行啓を扱ったタブロイドのことは覚えていますか?」

思いだすのも忌ま忌ましいというような表情で、純哉は訊《き》いた。妃奈子も顔をしかめてうなずいた。忘れるわけがない。涼宮が侍官の純哉と談笑する様子を、いかにも訳ありの関係であるかのように書き立てたのだ。

「あれも、どうやら伯爵が一枚嚙《か》んでいたようです」

妃奈子は目を見張った。

昨年の『観菊会』のための涼宮の尋問服の製作で、白藤が自分の老女を使って妨害をしてきたことは、女官達の間では公然の秘密となっている。ちなみに老女というのは年老いた女性ではなく、針女《しんめ》（侍女）の筆頭を指す言葉だ。

まことに父娘揃って、である。

「伯爵の行動が目に余ることのないように、いまは宗秩寮《そうちつりょう》（宮内省の部署。皇族、華族にかんする全般を受けもつ）も目を光らせている状況です」

具体的なやらかしや証拠があがらないかぎり、それしかできない。女官達が御生母様である白藤にとやかく言えないように、宮内省も帝の祖父である志摩伯爵を頭から押さえつけることはできないのである。

なんとも言いようがなく、妃奈子は切子のグラスを手持ち無沙汰にもてあそんだ。ちなみにこれがかなりの高級品だと知ったのはあとのことである。

このグラスを返せる誰かがいないかときょろきょろとあたりを見回していると、こちらに小走りに近づいてくる一人の青年に気がつく。

「高辻」

距離を縮めたところで青年は呼び掛けた。それで純哉ははじめて青年に気づいたように目を見張った。

「田村《たむら》さん」

「よかった。ずっと声を掛けたかったんだが、摂政宮様のお傍だったので遠慮をしていたんだ」

「ああ、すみません」

純哉は頭をかいた。二人が知り合いだというのはまちがいない。しかもそこそこ親しい関係のようだ。たがいの話し方から、おそらく純哉のほうが年少だろう。

誰？　という顔をする妃奈子に純哉は言った。

「妃奈子さん。この人は私の大学の先輩で、田村さんです。現在は帝大で英語講師をしています」

「英語⁉」

自然と妃奈子の目が輝いたのを見て、純哉は笑った。

「田村さん。この人は宮中の女官で海棠さんとおっしゃいます。数年前まで英国で暮らしておられたので、英語はお手のものですよ」

今度は田村が目を輝かせた。モーニングがよく似合う長身で、知的で端整な面差しの持ち主だった。

「英国でお暮らしだったのですか。それはいろいろとお伺いしたいものです」

「いえ、もう何年も前ですから」

「実は英国への留学が叶《かな》いそうなのです」

喜びを隠し切れないという風情の田村に、妃奈子よりも高辻が声を張った。

「え、ついにですか！」

「ああ。ようやく選んでもらえたよ」

「おめでとうございます」

二人は喜びあうが、妃奈子にはよく分からない。しかし田村の職業や彼らのやりとりから推察するに、留学生に選抜されたということのようだ。もし帝大からの派遣となると、国費留学生になるからかなりの名誉だ。

「おめでとうございます。ご家族もお喜びでしょう」

よく分からないながらも、妃奈子は祝福した。すると田村は苦笑を浮かべ「私は独身ですよ。それに家族もすでにおりませんので」と答えた。ひょっとして、まずいことを言ってしまったのかと、内心で妃奈子は慌てた。

「お気になさらず」

さばさばと田村は言い、助け船のように純哉が話題を変えた。

「いまさらですが、なぜ田村さんはこの宴《うたげ》に?」

「教授のお供だよ」

「教育者の方もご招待を受けているのですね」

妃奈子の問いに、純哉は「帝大の教員は官人ですからね」と答えた。田村もうなずきながら同調する。

「そうそう。名誉教授ともなれば、もはや高官のようなものだよ」

「言われてみれば、確かにそうですね。女子は帝大とは縁がないので、先生方のお立場など考えたことがなかったです」

日本に数校ある帝国大学だが、女子には門戸を開いていない。もちろん男子であったとて、帝大に入れるほど妃奈子は学業優秀ではなかったのだが。

妃奈子の発言に純哉と田村は目を見合わせる。一拍置いて純哉が言った。

「ご帰国なされる前だから、妃奈子さんはご存じなかったのですね」

「はい?」

「東北の帝大では、婦人の入学が許可されていますよ」

妃奈子は目をぱちくりさせる。

「え、そうなのですか?」

「先発の帝大に比べて、入学希望者が少ないという事情もあったのですが」

苦笑交じりに田村は言った。なるほど。そんな理由か。

だとしても、帝大が女子に門戸を開いていたことは驚きである。私立でさえ、女子を受け入れてくれる大学は少ない。ちなみに中等学校より上の教育を目的とした女子のための上級学校はいくつかあるが、あくまで専門学校で大学ではなかった。

女に学問は必要ないというそれまでの倣いに、女子への教育の必要性が説かれるようになって半世紀が経つ。

しかしその根幹は、あくまでも男子のためだった。

いずれ母となったとき、家政を堅実に切り盛りしてわが子に適切な教育を施す。そうやって健全な家庭から優秀な男子を世に輩出する。女子の教育はそのために必要だとされていたのだ。

しかし帝大入学が、そのための教育だとはさすがに思えない。

「どのような婦人が、帝大への入学を志すのでしょう」

単純な疑問と憧れを交えて妃奈子は尋ねた。

華族女学校での成績にかんして言えば、妃奈子は比較的優秀なほうだった。古典や歴史など、どうしても劣る科目こそありはしたが、丸暗記等《など》の策を弄して試験ではある程度の点が取れていた。

だからといって、さらなる進学を望むような心意気はなかった。そもそもあの頃は華族女学校に馴染《なじ》めずに、すっかり学校嫌いになってしまっていた。妃奈子の中で学校とは居心地が良い悪いの問題が先行していて、学問を極めたいという場所ではなかった。だからこそ女子という立場で、さらなる上の学校に進学を果たした人達への興味が消せなかった。

妃奈子の問いに純哉はしばし首を傾げたのち「これは男も同じですけど――」と切り出した。

「人が学問を志すには、三つの理由があると思うのですよ」

指を三本立てて語りはじめる。

「ひとつは純粋に学問を究めたい。田村さんのような教育者はこれですよね」

純哉が確認するように目をむけると、田村はひとつうなずいた。

「次に、学んだことを世に還元したいという志を持つ者です。もちろん教育者にもこの要素は含まれていますが。特に官立の学校であれば国費で学んでいるわけですから、なおさらそう思うでしょう」

「お前のことだな、高辻」

ちょっと冷やかすような田村の口ぶりに、純哉は気恥ずかしそうな顔をする。

奥羽《おうう》出身の純哉が、並々ならぬ志を持って涼宮に仕えていることは聞いていた。

御一新のさいに幕府側についた奥羽地方は、新政府発足後もしばらくは賊軍として蔑まれていたのだという。そんな環境で生まれ育った純哉が、故郷を背負う気概を強く持つことは自然な流れなのだろう。血しぶくほどの情熱ではないが、奥羽に生まれて国費で学んだ者として、世に献身をしなければという誠実さが彼にはある。

「お二方のおっしゃりたいこと、なんとなく分かりますわ」

妃奈子が言うと、純哉と田村は微笑《ほほえ》みあった。

「それでは、もうひとつは？」

妃奈子は尋ねた。純哉は、学問を志す理由は三つあると言っていた。

「良い生活のためですよ」

急に俗っぽくなった理由に、妃奈子は解釈をまちがえたのかと思った。しかし彼の横で田村は「ちがいない」と声をあげて笑った。

「いかに崇高な志を持っていても、食っていけなければ果たせないからな。臥薪嘗胆《がしんしょうたん》にも限度がある」

確かに、その通りだ。人は霞を食って生きてゆくことはできない。地位を得るため、あるいは収入を得るために学問を志す人間を、妃奈子はけして否定しない。

とはいえ女子の場合、いかに学歴をつけたところで、良き生活や国へ貢献するために就ける仕事などほとんどないのが実情だ。せいぜい教員か看護婦くらいか。帝大をはじめとした大学を出たうえで、それを生かせる職種はなかなか難しい。

なるほど。そういう意味でも、女子に学問は不要だと言われるのだろう。求道者のように学問を究めたいだけだと、霞を食わずとも済む恵まれた立場の者は別として、高い学歴や高度な知識を必要とする職業に、最初から女子は就けない。

どうせ結婚して家庭に入るから、という一般的な理由だけではなく、いまの世ではそれらが生かせないから、女子に学問は不要とされてしまっているのだと妃奈子はあらためて感じ入った。


妃奈子が涼宮の行啓への供奉を申し付けられたのは、それから二日後だった。

御常御殿《おつねごてん》の畳廊下ではたきをかけていると、角の突き当たりから歩いてきた、世話親の月草に声をかけられた。

月草というのはもちろん源氏名で、本名は庭田祥子《にわたさちこ》という。旧羽林《うりん》家の家柄で、先祖は賜姓源氏《しせいげんじ》という由緒正しい旧公家の姫君である。位は掌侍《しょうじ》。これは一般には内侍と呼ばれる。女官の中では典侍、権典侍に次ぐ地位にある。妃奈子が授かる予定の命婦と同じ奏任官だが、等級は内侍のほうが上位である。

月草は裾をからげた袿袴姿だった。薄紫の袿には藤の丸文が織り出されている。普段は洋装が多い彼女だが、ときどき気まぐれで袿袴で出勤する。

垂髻《ときさげ》に束ねた艶《あで》やかな黒髪。抜けるような白い肌に整った瓜実顔《うりざねがお》。小柄で華奢《きゃしゃ》な身体《からだ》もあいまって、三十半ばという年齢にもかかわらず雛人形《ひなにんぎょう》のように可憐《かれん》だった。

いっぽうで妃奈子は、月草より頭ひとつぶん高い長身に、チャコールグレーのワンピースを着ている。御雇の期間が終わり、ようやく洋装が許されるようになった。髪型も垂髻ではなく、ひとつに束ねた髪を三つ編みにして、それを項《うなじ》でくるりとまとめるという一般的な束髪である。

「ちょうどよかったわ」

いそいそと月草が近づいてきたので、妃奈子ははたきを振りかざした。

「お召し物が汚れますよ。はたいたばかりなので、このあたりはまだ埃《ほこり》が舞っていますから」

月草はちょっと嫌な顔で立ち止まる。もっとも常に清められている御内儀だから、埃と言っても、はらってしまえばすぐに取れるような代物であろうが。

妃奈子の職場の御内儀とは、宮城《きゅうじょう》の奥の部分に当たる。

宮城の外観は平安時代の寝殿造りを模したような建物だが、内装は和洋折衷の近代建築で、御内儀、御学問所、宮殿の三区域に分かれている。

その中で御内儀とは、帝が居住する『奥』と称される男子禁制の区域になる。侍従職《じじゅうしょく》出仕《しゅっし》の少年達をのぞけば、ここで働くのは婦人ばかり。さすがに中庭などには仕人《つこうど》のような雇員が出入りしているが、屋内は基本女子ばかりである。

しかもその御内儀の中でも、いま妃奈子がいる畳廊下から先は『御常御殿』と呼ばれる区域で女孺《にょじゅ》以下の判任女官は入れない。御内儀の中に『申の口《もうしのくち》』と呼ばれる境目があり、そこから先が一段高くなった畳廊下で『御常御殿』となる。

かような厳格な制限があるので、試用期間とはいえ命婦という高等女官の地位にある妃奈子が『御常御殿』にはたきをかけているのである。

中庭に面した格子戸を閉めると、埃を警戒して留《とど》まっていた月草がようやく近づいてきた。

「来週の火曜日、涼宮様の行啓に供奉することになったわ」

「そうですか、どうぞお気をつけて」

「あなたもよ」

「はい？」

はたきを持ったまま目をぱちくりさせる。帝の女官である妃奈子が、なぜ涼宮の供奉をするのか？　その点では月草も同じ立場なのだが、涼宮を信奉している彼女はなにかれと理由をつけて付き添おうとするので、そんな行動に出ても驚かない。

「宮様たってのご依頼で、御上も藪蘭の典侍さんもご承知のことよ」

さらりと月草は言う。そうなると食い下がる理由はない。そもそも宮中という身分社会では、よほどのことでもないかぎり上の者の命令を断るという選択肢はない。

自分がかりだされる状況など、ひとつしか考えられない。

「通弁役ですか？」

「そう。場所が場所だから、男性の通弁よりあなたが適役だと思ったのでしょう」

「場所って、どこですか？」

「女子医専よ」

あ、と妃奈子は小さく声をあげた。

「世津子《せつこ》先生ですか」

「あら、よく覚えていたわね」

ちょっと意外そうに月草は言った。

「覚えていますよ。鈴《すず》にも親身になってくださいましたし」

小埜田《おのだ》世津子医師は女子医専、すなわち女子医学専門学校の教授である。

涼宮や月草とは華族女学校時代の学友で、そこから女医になったというのだから、かなり変わった経歴の持ち主にはちがいない。妃奈子の時代でさえ、学生達の卒業後の進路は結婚か花嫁修業ばかりだった。卒業を待たずに、学校を中退して嫁入りする者も珍しくなかったほどだ。女子医専はもちろん、上級学校に進む者はほとんどいなかった。

侍医でもない世津子を妃奈子が知っている理由は、彼女が女官の診察のためにしばらく宮殿に出入りしていたからである。

妃奈子が仲良くしている女嬬の鈴は、もう何年もひどい生理痛で悩まされていた。ついには仕事にも支障を来すようになり、色々あって昨年末に世津子の診察を受けたのである。生理などこんなものだという思い込みと、ほとんどの医者が男性であることを理由に、勧められるまで治療をするなど思いもよらなかったと言う。しかし世津子医師の処方した漢方を服用後、症状がかなり改善して、治療の対象なのだと目が覚めた思いであったと語っていた。

ちなみに小埜田先生と呼ぶのが普通だろうが、月草が「世津子さん、世津子さん」と繰り返していたので、つい妃奈子も世津子先生と呼ぶようになってしまっていた。

今回の涼宮の行啓は、その世津子の職場である女子医専への後援会発足を祝してのものなのだという。

「宮様の行啓となれば、医科大学や医専の関係者も足を運ぶでしょう。それを支援している企業や篤志家もね。大いなる寄付が見込めるわ。関係者の中には外国人も少なくはないから、あなたに白羽の矢が立ったということよ」

妃奈子に供奉を命じた理由を、月草はそう説明した。

「御自ら足をお運びくださるなんて、涼宮様は世津子先生との友情を大切に思っていらっしゃるのですね」

　感動しつつ言った妃奈子に、月草の目が少し険しくなった。余計なことを口にしたと反省する。月草と世津子の仲は円満なのだが、涼宮がからんだときの月草の感情のふり幅は思春期の女学生並みに面倒くさい。要するに世津子にちょっと嫉妬したわけだ。

　そのまま二人並んで畳廊下を戻る。妃奈子は掃除を終えたし、月草は御座所での夜勤明けで、いまから局に戻るところだという。夜勤と言っても軍人や看護婦のように夜通しで仕事をするわけではないから、比較的元気にしている。

『御常御殿』に判任女官が上がれないという決まりが示すように、御内儀はいくつかの区域に分かれ、いろいろな制限が定められていた。

『御常御殿』は帝が日常を過ごす区域で、居間兼書斎のような御座所の他、食堂、寝所など複数の部屋が設《しつら》えられている。渡り廊下をつないで皇后のために同じような区域があるが、今上は独身なので現状では主がいない。

　これらの各部屋に入れるのは内侍以上の女官で、同じ高等女官でも命婦はその周りを囲む畳廊下までしか上がれない。判任女官は畳廊下にさえ上がれないから、突き当たりの『申の口』で命婦に連絡をするのである。結果として内侍以上の女官は、判任女官と接することがない。

「そういえば、今日は上がりが遅めでしたね」

ちらりと後ろを振り返りながら、妃奈子は問うた。この時間、未成年の帝は学校に行っている。朝の支度と見送りを済ませれば、お戻りになるまで大きな用事はない。

「山吹《やまぶき》の内侍さんと一緒に、御寝所の寝具を取り換えていたのよ」

「その恰好《かっこう》でですか？」

「あなただって、つい最近まで袿袴で拭き掃除までしていたでしょ」

「私は、しきたりでしたから」

などと話しながら『中の口』を降りる。一段低くなった廊下は絨毯《じゅうたん》敷きで、この区域には女官達の食堂や詰め所、御納戸《おなんど》等色々な施設があり、地位を問わずすべての女官が働いている。ここをさらに先に進むと、突きあたりには女官達の局に通じる百間廊下への入り口がある。

「ところで女子医専への供奉には、なにを着ていけばよいのですか？」

ふと思いついて尋ねたとき、すぐ脇にある命婦の詰め所から呉《くれ》命婦が出てきた。還暦過ぎで高等女官の中でも最年長の彼女は、ほとんどの者が洋服を着る中で頑固に毎日袿袴を着つづけている。

「ああ、妃奈子さん。ちょうどよかった」

えらく上機嫌に声をかけられ、かえって嫌な予感がした。呉は基本、あまり動かない人だ。出勤しても詰め所か食堂に座って、紙や布を切ったり貼ったりなどの比較的軽作業ばかりに終始している。年齢を考えればやむをえないと納得しているが、新参者の妃奈子に微塵《みじん》の遠慮もなくあれこれ用事を押し付けてくる態度には閉口する。

「……なんでしょう?」

「天袋から、座布団を出してもろうて」

「あ、はい」

やはり雑用ではあったが、これは致し方ない。なにしろ高等女官達は、横幅の差はあれみな背の低い者ばかり。妃奈子をのぞけば、踏み台を使わずに天袋に手が届く者は一人もいない。まして呉のような高齢者が、踏み台を使って高い場所の品を取るというのは安全面からも問題がある。

(怪我《けが》でもされたら、そのほうが大変だしね)

入り口で靴を脱ぎ、畳部屋の詰め所に入る。中では座卓を挟んで、柘《つげ》命婦と藤《ふじ》権命婦が作業をしていた。二人とも洋装である。藤権命婦は書き物を、柘命婦は帳面を横にそろばんを弾《はじ》いている。命婦の上席の者は、御納戸金という御内儀の経費を預かる立場にあるので、その収支を計算していると思われる。この柘命婦と呉命婦、そして今日は不在だが笹《ささ》命婦の三人が御納戸金を預かる上席の者達である。

「あら、妃奈子さん。ご苦労ね」

ここにいる三人の中では、一番親しくしている柘命婦がそろばんを弾く手を止めて顔をあげる。普段はかけていない老眼鏡を、鼻から少しずらす。計算中なのに中断させてすみません、と心の中で思った。

「女嬬が掃除のさいに、座布団を天袋に突っ込んだままにしてしまったみたいなのよ。部屋の隅に重ねておいてくれればよいのに」

見ると二人とも座布団を敷いていない。

「埃がかかると思ったのではないですかね」

などと言いながら、妃奈子は腕を伸ばしてやすやすと天袋を開く。数枚の座布団が重ねてある。とりあえず全部引きずり出して座卓の傍らに置くと、呉も含めた三人はそれぞれに礼を言った。

座布団は四枚あったので、残りの一枚を部屋の隅に置いた。

「では、これで——」

一礼して詰め所を出ようとすると、呉に呼び止められた。まだなにかあるのかと身構えたのだが、予想に反して「さしあげます」と言われ、二冊の冊子を渡された。色褪《いろあ》せてはいるが上等そうな和紙を使った表紙には、それぞれ『水鏡』『増鏡《ますかがみ》』と記してあった。

『水鏡』は藤色、『増鏡』は紅梅色である。

「『大鏡』は読んだと言うてはりましたやろ」

さらりと告げられて、昨年の新嘗祭直後のやりとりを思いだす。宮中の歴史に疎い妃奈子に、呉が薦めたものが古典の『大鏡』だった。しばらくのちに一読したあと、呉に報告と礼を言っておいた。

そのときはさして関心もないような反応だったが、何ヵ月も過ぎてまさかこんな行動に出るとは思ってもいなかった。呉が手渡した二冊の書籍は、『大鏡』と同じ鏡物とされる古典である。ここに『今鏡』を加えて、四鏡《しきょう》と称される。

妃奈子は素直に書籍を受け取った。

「ありがとうございます。でも、いただいてしまって宜《よろ》しいのですか？」

「かめしません。私《あて》ぐらいの年になるともう目がかなわんなって、本など読むこともあれしません。局に置いといても邪魔なだけですから」

厚意にちがいないのに、普段雑用を押しつけるのと同じ物言いなのが笑える。邪魔なものだという言いようも、別に言わなくてもとは思う。まあ日ごろのことを考えれば、古書二冊を譲るだけで恩着せがましくされては、それはそれで割があわないからこのほうが笑える余裕はできるのだが。

「呉さん、こちらは御実家からお持ちの書籍ではありませんか？」

ひょいと聞こえた声に目をむけると、いつのまにか月草が詰め所の中に入ってきていた。呉に呼ばれて別れたあと、てっきり一人で局に戻ったものだと思っていた。妃奈子が手にした古書を見て、きゅっと柳眉を寄せている。

「そうです。よう覚えてはりましたな、月草の内侍さん」

高等女官の地位は、上から典侍、掌侍、命婦となっている。なお権典侍などの権官は正官の地位に準ずる。ちなみに最上位の尚侍《しょうじ》は規定上では存在するが、もう何百年と任命されていない。

この地位がなにによって決まるかというと、働きではなく完全に家柄である。

月草は賜姓源氏の流れを汲む、旧羽林家出身の華族である。対して呉は京都の御所で長く宮仕えをしていた官吏の娘で華族ではない。半世紀近く仕えていても、この地位の差は越えられない。

月草は呉より上の位になる。それゆえに月草が呉を呼ぶときは、源氏名にさんをつけて呼んでいる。妃奈子や呉が月草を呼ぶときは、内侍さんか、月草の内侍さんと役職をつけなければならない。

「それは貴重なものを」

月草の言葉に妃奈子は「え？」と疑問の声を漏らす。そんな妃奈子を一瞥《いちべつ》し、月草は言った。

「呉さんの御実家は、京の御所に代々紙を納めておられた工房なのよ。こちらの冊子に使用している料紙は、呉さんの御実家で漉《す》かれたものですよね」

「よう、分からはったなあ。さすが月草の内侍さんや」

「一目見れば分かります。紙の質がちがいますもの」

二人のやりとりに妃奈子はうろたえた。

「そ、そんな貴重なもの、いただけません！」

「かめしません。さっき言うたように、本などいまの私には無用の長物ですよって」

「で、でも……」

「いただいておきなさい。せっかくのご厚意なのだから」

なおも遠慮する妃奈子に月草が言う。彼女は妃奈子の世話親なので、別にさしでがましい口ではない。呉はもちろん、柘も藤も「せやせや」と相槌《あいづち》を打っている。そのあと少し抵抗を試みはしたが、結局はいただくことになった。

月草と一緒に詰め所を出て、廊下でぱらぱらと頁《ページ》をめくる。そんなことを聞いたあとだからなおさらそう思うのか、表紙も中の頁も手触りに独特の趣がある。崩し書きで記された文字は、とても容易に読めそうにもない。

妃奈子は嘆息した。

「猫に小判ですよ、こんなもの」

「ずいぶんと謙遜しているのね。あなたの家の本家は旧中藩。母方も名家《めいか》（旧公家の家格のひとつ。六つのうち五番手）でしょう。呉さんより上じゃない」

微塵の悪意もなくこんな物言いをする月草に、少々閉口することはある。ちなみに呉や柘も、女孺や針女達に対して似たようなことを言っているから、それがここの常識だと納得するしかないのである。針女とは高等女官付きの侍女で、御所ではなく各個人が雇う形になる。

「貴重品としては大切にできますが、呉さんは読むためにくださったのですから。崩し字を読むのは自信がないです」

「それぐらいなら教えてあげるわよ」

「…………」

思いもよらぬ申し入れに、とっさに言葉を失う。常に淡々として、涼宮以外の他人に執着しない月草が、まさかこんな親切を申し出てくれるとは思ってもいなかった。正直に言えば、少々不気味でもある。

これまで、崩し字を習いたいと思ったことはなかった。ただ呉から譲られた貴重な書籍を有効に活用するためにも、学んでよいのではないかと考えた。そうなれば御文庫にある古い書籍をもっと気軽に読めるし、そのぶん古い知識も得られる。

そこで妃奈子は思いだす。

宮中女官の中で、唯一妃奈子にだけ望まれるもの。それは国内外双方に通じた知識と立ち回りである。若い帝のためにそんな女官が必要だと考え、涼宮は妃奈子を採用した。

その考えを月草は支持していると言った。別に共感しているわけではなく、涼宮の言うことなら全面的に賛同するという彼女の姿勢ゆえではあるが。

妃奈子に崩し字を教えることは、涼宮の意に添う動きである。なるほど。合点《がてん》がいった。不気味ではなく、月草らしい動きである。

「では、お時間のあるときに」

「あなたはいまから仕事だから、その書籍は私が局に持っていきましょう」

そう言って月草は、ひょいと手を差し出した。彼女はいまから局に戻るので、呉から譲られた書籍を預かるということだ。妃奈子は月草の部屋子なので、寝起きする局は同じなのだ。

「よろしくお願いします」

妃奈子は書籍を手渡した。

初雪を固めたような月草の白い手に、藤色と紅梅色の優雅な和紙がよく映えた。


女子医学専門学校、通称『女子医専』は、世界的にも珍しい女子のための医師養成校である。

開校のきっかけは、これまで女子を受け入れていた既存の医学校が、次第に入学に難色を示しはじめたからだという。東北の帝大のような例外はあるが、大学や専門学校などの上級学校は、そのほとんどが女子を受け入れていない。私立などに数校受け入れが見られるが、女の向学心を良く思わぬ男子学生からなかなか陰湿な嫌がらせをされると聞く。

女子学生が余計なことに煩わされずに学業に専念する。そのために必要なものは、女子も受け入れる医学校ではなく、女子だけを受け入れる医学校である。そんな思惑のもとに女子医専は創設され、紆余曲折《うよきょくせつ》を経たいまは国の指定校となり、卒業生には無試験で医師免許が与えられるまでになった。なおこの特権は、男子の指定医学校も同様である。

涼宮の供奉女官として月草とともに門をくぐると、五つ紋の黒留袖を着た、年配の婦人の出迎えを受ける。本校の創設者であり学校長である。彼女ももちろん女医だった。

その後ろに、グレーのテーラードスーツを着けた世津子がいた。彼女の上背は妃奈子とあまり変わらない。涼宮よりは少し低いが、女性にしては長身で洋装が似合う。髪はごく控えめにひさしを膨らませた束髪。才媛として隙のないいでたちだが、眼鏡をかけた丸顔になんとも言えない愛嬌《あいきょう》がある。医師という相手を威圧しがちな職種ではあるが、その悪い意味での威厳が世津子にはない。見た目もかもしだす雰囲気も、なにもかも月草と正反対の婦人だった。

応接室に案内をされ、開演までの時間を過ごすことになる。ちなみに涼宮に同行していた純哉は、校舎には入らずに会場となる講堂に行ってしまった。安全のための下調べがあるからと説明はしていたが、女子校という特異な空間に恐縮した感もなくはなかった。校門をくぐってすぐ別れたときの、ちょっと緊張した態度にそんな本心を感じた。

（高等女学校でも、男の先生はいるのに）

それでも異性ばかりの空間というのは、やはり独特のものなのだろう。してみると女子医専が開校する前、男子に交じって大学に進んだ、かつての女子医学生達の精神力はたいしたものと言える。

「摂政宮様、御自ら足をお運びいただき、まことにありがとうございます」

学校長と世津子がそれぞれに頭を下げる。涼宮は絹張りの長椅子に座り、背もたれの後ろに妃奈子は月草と並ぶ。涼宮のふんわりとした絹モスリンのドレスは、この季節にふさわしいやわらかな若草色だ。

「いや、私の挨拶ひとつで寄付が募れるのなら安いものだろう。私学にもかかわらず学費を抑え、優秀な学生には奨学金を支給しているのなら経営も楽ではあるまい」

「そのような……」

「ええ、それはもう」

学校長の謙遜を遮り、きっぱりと肯定したのは世津子だった。

「学校の維持費はもちろん、優秀な教授を招聘《しょうへい》したくとも他所《よそ》より積まねばなかなか動いてくれません。女子への講義など自分の経歴にはならぬと軽んじていますから」

「それなら世津子さんが数多く講義をなされればよろしいじゃない。宮城の侍医の要領を得ない説明より、世津子さんの話のほうが百倍分かりやすいわ」

遠慮なく月草が毒を吐くので、妃奈子はひやひやした。確かにあの侍医の説明は回りくどい。

「そうしたいのはやまやまだけど、さすがに身が持たないわ。もちろん教員免状のない科目もあるしね」

「でも世津子さんは女学校で、全科目首席だったじゃない。家政科や音楽もね」

「筆記試験は覚えれば済むもの。だから実技は良くなかったのよ」

「そうだな。お前が縫った浴衣はなかなかのものだった」

からかうように涼宮が言うと、世津子はちょっと不貞腐《ふてくさ》れた顔になり、月草がぷっと噴き出した。地位も名誉もある女盛りの婦人達が、現役の女学生のように楽しげに話している。

（充実した学生時代だったんだろうなあ）

微笑ましく思ったあと、わが身を顧みてちょっと寂しくなった。

帰国子女として編入した妃奈子の学校生活は、文字通りなにもないものだった。深窓の令嬢ばかりが集う学《まな》び舎《や》で、妃奈子の存在はあきらかに浮いていた。

さりとてそこは育ちのよい生徒ばかりなので、意地悪をされたわけではない。だからこそ完全なまでに無味無臭だったのだ。それでも母や妹の干渉を受けずに済んだので、家より楽な空間ではあったのだが。

学生生活のなにに主眼を置くかは、個々の価値観で分かれる。他者との交流には価値を求めず、ひたすら学問に邁進《まいしん》するだけの者もいるだろう。友人などいらぬと考える者もいるだろうし、それは個人の価値観である。

けれど自分の気質に鑑みれば、華族女学校での生活は不本意なものであったと言わざるを得なかった。欧州の学校では気の合う友人が幾人もいて、あらゆる興味や問題に遠慮なく言葉を交わしていた。それが妃奈子にとって自然な姿なのだ。

だからこそこうやって目の前で学び舎での友情を見せつけられると、ちくちくと劣等感が刺激される。

(子供じゃあるまいし……)

などと自嘲気味に考えたときだった。

「失礼します」という声のあとに扉が開き、盆を手にした娘が入ってきた。白い大きな襟がついた紺色のワンピースは、知る人ぞ知る女子医専の制服だ。つまりこの学校の生徒なのだろう。彼女は茶卓子のほうに回りこみ、まず涼宮の前に茶碗《ちゃわん》を置いた。伊万里《いまり》焼《やき》の白磁には、ペルシア絨毯のような装飾が全体に焼き付けられている。

次いで学校長と世津子の前に茶碗を置き、今度は妃奈子達のほうを見た。

「お供の方々にもお茶を差し上げたいのですが」

盆の上にはまだ二つ茶碗が残っていた。しかし妃奈子達が背もたれの後ろに立っているので、どこに置いてよいのか分からぬのだろう。

「遠慮せずにお座り」

そう言って涼宮は気軽に長椅子の隣を叩いたが、同じ椅子に並んで座るなど非礼にもほどがある。

「とんでもない」

毅然《きぜん》と月草が言ったので、世津子が「スツールを持ってきて」と女子学生に言った。彼女は盆をいったん茶卓子の上に置いた。

「私も参ります」

言うなり妃奈子は足を踏み出していた。新参女官として半年が過ぎると、まず真っ先に動く習性が身についている。家にいたときは母親の目を恐れて、なにをするのも戸惑っていたというのに、変われば変わるものだ。

「いえ、来賓の方にそのような」

「ですがお一人で二つのスツールをお運びになるのは、無理――」

言いかけた途中で、妃奈子は、ん？　と眉を寄せて女子学生の顔を見る。

ぼんやりとした記憶がよみがえる。知らない顔ではない。けれど、その程度の認識だから具体的な記憶がよみがえってこない。

ほっそりとした身体付き。色白の小さな丸顔は、顎の形が美しく可憐である。対して印象的な大きな目はいかにも気が強そうで、毛並みのよい洋猫を思わせる。

「海棠さん？」

むこうが先に妃奈子の名を呼んだ。そこまで言われても、妃奈子は彼女の名前を思い出せない。しかしこの段階で、おそらく女学校の同級生あたりだろうとは思っていた。あるいは先輩かもしれないが。

ただ妃奈子は、華族女学校の生徒の名前を一人も覚えていない。〇〇宮家の女王と〇〇公爵家の姫君がいたことは知っているが、下の名前などとうに忘れている。しかしむこうがはっきりと自分の名を言ったので、それを正直に言うわけにはいかなかった。

「え、その……」

しどろもどろになりかけていると、世津子が尋ねた。

「初音《はつね》、女官さんと知り合いなの？」

「女官？」

初音と呼ばれた女子学生は、大きな目をいっそう見開いた。黒目がちで縦にも横にも大きい。とにかく目力の強い娘だった。

初音、という名前を頼りに、妃奈子は必死に記憶をさぐる。

（はつね……たぶん初音、よね）

名前の音に漢字を嵌《は》めたとき、ぱっとある光景が思い浮かんだ。

そうだ。確かに見た。定期試験のたびに貼り出される上位者名簿で、いつも先頭にその名は輝いていた。

「須藤《すどう》初音さん……」

「あ、覚えていてくれたんだ」

ちょっと皮肉っぽく言われたのはしかたがない。むしろ嘲るとか怒った空気がなかっただけありがたいと思わねば。

「私達、女学校での同級生です」

さばさばと初音は言った。

「組がちがったので、お話しすることはなかったのですが、海棠さんは背も高くておきれいだったから、私のほうは存じ上げておりました」

自分の容姿はさておき、悪目立ちはしていただろうと自覚はしていた。

他所の組で話をしたこともなかったのなら、認識していなくても失礼に当たらないだろう。もっとも初音と同じ組であれば、この目力の持ち主だ。さすがに印象に残っていたとは思う。それでも話をしたかどうかは疑問であるが――。

妃奈子は同級生に関心がなかったのではない。輪に入れなかっただけだ。もちろん入れたとしても馴染めたかは不明だが、それを弁明するとまるで負け惜しみのようでみっともない。

「私も、須藤さんのお名前はよく存じ上げておりました」

妃奈子が言うと、初音は意外そうな顔をした。妃奈子が自分を認識しているなど、最初から期待していなかったようで、だからこそ妃奈子の言葉に驚いているのだ。僻《ひが》みやねちっこさとは無縁のさっぱりした気質は、可憐な外観とは対照的である。

「試験のたびに、いつも首席で名を貼り出されておいででしたから。どんな才媛かと思っておりました。よもや女子医専に御在籍だとは――」

「華族女学校にも何年かに一人ぐらいは、そういうエクセントリックな生徒がでてくるのよ」

おそらくその先駆者である世津子が朗らかに言う。

「エクセントリック……」

妃奈子は思わず繰り返した。

それは母が自分を貶《おとし》めるために、頻繁に繰り返していた言葉だった。海外生活が長くてなかなか母国の生活に馴染むことができない娘に、母はエクセントリックという単語を使って暗に無能だと蔑んでいた。あれが母の陰湿な嫌がらせであったことは、さすがにいまは分かっている。

「はい。どうせ私はエクセントリックです」

世津子に負けず劣らず、朗らかに初音は言う。わざとらしく頬を膨らませた表情はむしろ得意げだ。

エクセントリック――かつて妃奈子を呪縛のように苦しめた言葉は、初音にとって称号のようなものなのだろう。世間が求める婦人の姿に真っ向から逆らって、おのが信念を貫いた証《あかし》でもあるのだから。

「エクセントリックって、かっこういいですね」

妃奈子は言った。初音は一瞬きょとんとなり、やがてうれしさをにじませた笑みを浮かべてうなずいた。

後援会発足の式典は、講堂で行われた。

病院の一室を間借りして発足した女子医専だったが、いまは付属病院と複数の校舎、そして、このように広い講堂を専有する規模の教育施設になっている。

来賓のために並べた椅子は、天鵞絨を張った猫脚の豪奢なもの。一般的な場所に比べて来賓席に婦人の率が高いのは、卒業生がそれなりに参加しているからだろう。

そこから距離を取った出入り口に近い場所に、在校生が十数名立ち並んでいる。全員を参加させては講堂が手狭になるので、上級生から選抜したのだという。みな白襟の制服を着ている。実際のところこれは制服というよりは礼服に近いもので、普段は着物や袴姿の学生が大半なのだという。

そのことを初音から聞いた妃奈子は、月草にも同じことを伝えた。涼宮の登壇の間、二人は通路脇の控室で待機していたのだ。

「あら、そうだったの。ずいぶんハイカラな制服だとは思ったけど」

「世津子先生の制服姿を、御覧になったことはないのですか？」

「その頃は結婚していたから、お友達に会うことはあまりなかったのよ」

さらりととんでもないことを言われて、目を剝《む》く。

結婚していた。いや、それ自体は普通だ。むしろ結婚していない人のほうが、世間では珍しい。

けれど女官は基本として独身である。そしていまの物言いからして、過去に結婚していたというふうに受け取れる。つまりは離婚歴があるということか。

「……ご結婚、なさっていたのですね」

「とっくに別れているわ」

忌ま忌ましげに月草は言った。感情をあまり出さない彼女にしては珍しい口調だった。

妃奈子はそれ以上なにも言えずに視線をそらした。この物言いから月草は結婚生活にけして良い思い出は持っていないのだろう。そもそも良い結婚生活であれば離婚に至らない。

ということは離婚後に、宮仕えをはじめたわけか。

「いまは、摂政宮様とも世津子先生とも自由にお会いになれますね」

「自由ではないでしょ」

月草は返した。確かに涼宮は、旧友の感覚で会いたいときに会える相手ではない。涼宮ほどでなくとも、世津子も似たようなものだろう。現実的な問題として、月草も世津子も仕事を持っている。しかも互いに拘束時間が長いから、気軽に会うことなどできないだろう。

妃奈子は笑った。

「そうでしたね。私も初音さんとお手紙をかわす約束はしたのですが、直接会うというのはなかなか叶いそうもなくて残念です」

その点で、妃奈子は月草より条件が悪い。試用期間の段階では、休みも外出も気軽には申請できない。そもそも御内儀で起きたことはすべて他言無用とされているから、女官の外出自体があまり好まれない。

あの短い時間で、初音と友情を結べたわけではない。華族女学校での自分の立ち位置やふるまいを思いだせば、初音が妃奈子のことをどう思っていたのか不安はある。

——あ、覚えていてくれたんだ。

あの発言は納得していたが、その反面で考えさせられもした。同級生の輪に入れなかった、溶け込めなかったことはしかたがないと思うが、それを気難しさとか高慢ゆえとかに捉えられていたら、ちょっと後悔する。

過去を悔いているわけではないが、初音とはもっと話してみたいと思った。それに彼女は妃奈子が先達てより気になっていた高学歴の女子である。女子の身でなぜ上級学校に進もうと思ったのか、華族女学校からなぜその道を選んだのか、ぜひとも聞いてみたいと思ったのだ。

これきり、というのは未練が残る。

だから手紙のやりとりを約束した。社交辞令かもしれないが、彼女のほうから申し出てくれたので、嫌われてはいなかったのだと安心した。

卑屈になっているな、とは思う。

欧州の学校では、誰かから嫌われているのでは？　などと心配することはなかった。誰とでも仲良くしていたわけではないし、妃奈子自身が嫌っている相手も幾人かいた。ただ親しく話した相手に対して、本音では疎ましく思っているのではと疑念を持つことはなかった。

けれど帰国して馴染めぬ人間関係の中で過ごすうちに、常にそんな疑念を抱くようになってしまっていた。あの人もこの人も、自分に呆《あき》れているのではないか？　そんな卑屈な思いがずっと消えなかった。宮仕えをはじめて――厳密にいえば母と離れたことで、ようやく本来の社交能力を取り戻せた、と思っていた。

しかし華族女学校時代の自分を知る相手には、やはりまだ身構えてしまっていることをあらためて自覚した。

「初音さんだったら、局にご招待したらいいんじゃないの」

月草の提案に妃奈子は驚いた。

「え、いいんですか？」

「同性ならかまわないわよ。もちろん異性は面会室までよ。それにあの娘は世津子さんの家の書生だし、御実家は子爵家だから身元もしっかりしているもの」

まったく知らなかった。子爵令嬢というのも、世津子の書生というのも。

女子の書生は初耳だが、だから世津子が下の名前で呼び捨てにしていたのかとしっくりした。高等学校より上の学校で、教員が生徒を下の名前で呼ぶなどあまり聞かないので違和感は覚えていたのだ。

しかし書生というのは、一般的に苦学生という印象がついてまわる。子爵令嬢である彼女がそのような環境にあるというのは、どういうことだ？　いや、それ以前に子爵令嬢が女子医専にというのが異例ではあるのだが。

——なにがあったのだろう？

単純な疑問が浮かんだが、まだ色々な意味で、それをすぐに訊きにいける状況ではないのだった。

宮中女官が住む局は宮殿の北側に位置しており、百間廊下と呼ばれる長い畳廊下で御内儀とつながっている。

長屋のような形の局は五棟あり、側《かわ》と呼ばれて三つに分けられる。

一の側は二棟。典侍と内侍が住む。二の側も二棟で、こちらは命婦と女嬬のうち御膳掛《ごぜんがかり》と御服掛《ごふくがかり》。三の側は一棟で、御道具掛《おどうぐがかり》の女嬬が住む。

本来であれば妃奈子は二の側に入るはずなのだが、色々な思惑が働いて月草の部屋子となって一の側に住んでいる。おかげで最初のうちは命婦達からだいぶ顰蹙《ひんしゅく》を買ったものだった。

局は中廊下のない、畳部屋ばかりの前代的な構造である。

月草の局は八間を有しており、平屋の家一軒分の広さはある。他に五間の局もあり、この配分は部屋子の有無で決まる。八間のうち、妃奈子は二間を間借りしている。

居間として使っている六畳間に、方形の卓袱台《ちゃぶだい》を広げる。一昔前に誕生した折りたたみの座卓は、箱膳にとってかわっていまではすっかり食事用座卓の主流を占めている。

「すごいのね、色々と」

卓袱台のむこうで、しみじみと初音は言った。紅花で染めた淡いピンクに薄紫の格子柄を織り出した先染めの紬《つむぎ》が、はつらつとした表情によく似合っている。

「花嫁以外で打掛を着ている人は、はじめて見るわ」

「私もそうだったわ」

薄縹色《うすはなだいろ》の単衣《ひとえ》の搔取《かいと》りを羽織った妃奈子は、思わず苦笑した。ちなみにここでは打掛ではなく搔取りというのだと説明すると妙な顔をされた。搔取りは打掛の公家風の呼び方である。

女子医専から帰ったその日に、妃奈子は初音に手紙を書いた。学校の思い出話などゆっくり語り合いたいから、よければ局に遊びに来ないかと。楽しかったことなどなにひとつない学校生活だったくせになにを白々しいと自嘲気味に思ったが、初音はぜひお邪魔してみたいと直《す》ぐに返事をくれた。

そうしてそろそろ月も変わろうかという月末、下宿先の近くにあるという和菓子屋の大福を持って初音が訪ねてきた。出迎えたのは、針女の千加子《ちかこ》である。もともと月草の針女だったが、いまは妃奈子付きになっている。

その千加子が運んできた煎茶と土産の大福を前に、二人で話をする。

子爵令嬢の初音は、侍女の存在には驚いていなかったが、局まで案内した千加子が妃奈子を「旦那《だんな》さん」と呼んだことには驚いていた。

「お嬢様じゃなくて、旦那さんなのね」

「私もはじめは驚いたけど、雇っているのは私だから、それをお嬢様と呼ぶのはおかしいのよね。旦那じゃなければ、奥様か女将《じょしょう》よね」

「……確かに」

相槌を打ちつつ、初音は口角をくいっと持ち上げた。

「でも、かっこうよくてよ。女の人で旦那さんって」

「女の人でお医者さんというのも、かなりかっこういいと思うわ」

そこで二人は目を見合わせる。視線が一本の糸のようにつながった。妃奈子がそう感じたとき、たがいに微笑みあう。

初音に促され、妃奈子は卒業後の経緯を語りはじめた。もちろん母親との確執はぼかした。さすがにそこまで込み入ったことを話せる関係ではない。

組がちがったから、それぞれ席次と外見以外に印象がない。それが幸いだった。同じ組で面識があれば、妃奈子は劣等感からあまり話すことができなかったかもしれない。

「それでお見合いをしなかったのね」

「相手方に申し訳ないけど乗り気ではなかったから、宮仕えは渡りに船だったわ」

「そう思うのはとうぜんよ。五十近いやもめで、しかも自分より年上の子供がいる相手なんて、私だっていやよ。まあ、そういう人と結婚した同級生はけっこういたけどね」

さらりと初音が告げた言葉に妃奈子ははっとする。初音は苦々しい顔をしていた。

「ほら、公家華族などは、全般にお手元が不如意な家が多いでしょう。それで莫大《ばくだい》な支度金と引き換えに、年の離れた実業家のところにやられた方々も少なくなかったわ。蒔田《まきた》伯爵家の佐織《さおり》さんのことはご存じ？」

まったく記憶にない名前に妃奈子は気まずげに首を横に揺らした。初音にはあまり気を悪くしたふうはなかった。

「高等科二年のとき、ご結婚が決まったとかで退学なされた方よ。お相手は東堂家《とうどうけ》のご当主で後妻になられたのよ。でも私達とあまり変わらない年の息子さんをお持ちの方で、たいそう年上だったはずよ」

東堂家は、妃奈子でも知っている実業家だった。業績や経営内容の詳細は知らぬが、たいそう羽振りが良いという話だけは聞いている。初音は言及していないが、流れからして貧乏華族家と資産家の縁談という展開だったのだろう。

「東堂家ご当主のお人柄は存じ上げないけど、年齢差を聞けばそれだけでもうお気の毒な話ね」

蒔田佐織という、顔も知らぬ同級生に心から妃奈子は同情した。つい一年前まで、自分も同じ窮地に立たされていたからこそ、なおさら胸が痛む。

初音は大福を懐紙で包みながら、ぼやいた。

「華族との縁が欲しいだけなら息子との縁談にすればいいのに、なぜそこで父親がしゃしゃりでてくるのかしら？」

指摘されれば、その通りである。政略とか上昇志向とか言ったところで、やはりそこに中年男の若い娘に対する好色かつ支配的な欲望を疑わざるを得ない。

「若い華族の娘を嫁にできたという、虚栄心を満たしてくれるからじゃないかしら」

「殿方って、馬鹿《ばか》なの？」

そう言って、初音は、懐紙に包み持った大福にかぶりついた。

苦笑はしたが、さすがに相槌を打つまではできない。見合い相手だった伊東《いとう》さまは、持ちこまれた話を受けただけで、妃奈子に害を及ぼしたわけではない。むしろこちらの都合でお断りしたのだから、その点では迷惑をかけてしまった。だからあまり悪くは言いたくないのだ。とはいえ十八の娘との見合いに乗り気な五十男というのが、正気の沙汰ではないという評価には変わりないのだが。

不機嫌な顔で大福を咀嚼《そしゃく》し、茶を喫する初音に妃奈子は言った。

「でもお若い方が相手でも、その方が宜しくない人柄だったら結局は同じよね」

初音は茶杯の上から、上目遣いの眼差《まなざ》しをむける。

「……人柄が宜しくない相手だったら、かえって年寄りのほうがましかもしれなくてよ」

「え？」

どういうことかと妃奈子は目をぱちくりさせる。初音は茶杯を戻した。

「そのほうが早く寡婦になれるから、嫌な夫から解放されるじゃない。でも若い夫だとそのぶん長く連れ添わないといけなくなるでしょう」

なるほど、それは盲点だった、と同調するにはいささか過激がすぎる。その一方で、そんな不謹慎を言うものではないとたしなめるほど理想論者でもない。

「それは、考えたこともなかったわ」

「そんな我慢をするくらいなら、いっそ一人が安全だわ」

「……だから医師を目指しているの?」

思わず妃奈子は訊いてしまった。

口にしたあと、失言だったと後悔した。

医は仁術。ヒポクラテスの誓い。そんな言葉が表すように、医師を志す者の多くは困っている人を助けたい、あるいは世に貢献したいなどの崇高な目的を口にする。その相手にこんな即物的な問いは侮辱にも等しいかもしれない。

「ご、ごめん……」

「そうよ」

あっけらかんと初音が言ったので、しばし妃奈子は言葉を失う。おそるおそる顔を見ると、口許に大福の粉をつけたままにこにこしている。

「私の祖父は進歩的な人で、これからは女も経済的に自立することが必要だと常々私に説いていたの」

学問が必要、ではないところが肝なのだろうと思った。

これからは女にも学問が必要——流言のように言われているその言葉の裏には、夫を支え、立派な男子を育て上げる良妻賢母となるためにという思惑がある。女子の場合、学び得た学問が経済力をつけることにはかならずしもつながらない。

「おじいさまって、須藤子爵様？」

「祖父は一年前に亡くなったので、いまは父が襲爵《しゅうしゃく》（爵位を継ぐこと）しているわ」

それまで明るかった初音の声が少し暗くなった。一年前では、思い出とするにはまだ厳しいのかもしれない。

傷口に触れる前に、妃奈子は話題を戻した。

「ああ、だから女子医専なのね」

「師範も考えたけど、職掌を考えたら医師のほうに興味を持てたの。それにいざとなったら開業ができるほうが強いと思って」

実家に学費を出せる経済力があるのなら、それもよかろう。ちなみに師範学校は官立なので、奉職を前提に学費や生活費は国に出してもらえる。純哉と田村が語っていた、学問を志す三つの理由のうち二番目にあたる。

そして初音の場合、紛《まが》うかたなき三番目である。

まったくかまわない。人は霞を食っては生きていけない。

けれど、ひっかかることもある。家長である祖父の勧めに従って、女子医専に進んだ初音がなにゆえ世津子の書生をしているのか。家長の意向であれば、学費も生活費も出してもらえるだろうに。

理解ある祖父が亡くなり、父が爵位を継いだ。そこに原因があるのではと妃奈子が推察したのは、父が亡くなったあとの自分の状況を鑑みたからだ。

父が支持してくれたそれまでの生き方を、母によって全否定された。しかし十四歳だった妃奈子は、母に従うしか術《すべ》はなかった。まして異国から戻ったばかりで、この国のことは右も左も分からぬ身だった。

あのときの暮らしを思いだすと、いまでも気がふさぐ。

初音はどうなのだろう？　もしかしたら彼女の父は、祖父の教育を苦々しく思っていたのではないだろうか。妃奈子の母がそうであったように——。

しかしそのあたりを深入りして訊くには、まだまだ付き合いが浅すぎる。

それに妃奈子の推測が当たっていたとしても、初音は書生として苦労をしながら女子医専で学んでいる。自分のように、どこに救いを求めてよいのか分からない、それどころか、おかれている状況が理不尽であることさえ分からなかった愚か者ではない。

「初音さんは立派ね」

妃奈子が言うと、初音は首を横に振った。

「妃奈子さんこそ、こうしていま仕事をして自活しているじゃない」

「私はただ気乗りしないお見合いから逃れるために、女官の話に飛びついただけよ。もしもお見合い相手が若い素敵な方だったら、なんの疑問も持たずに結婚していたかもしれない」

欧州の学校で、他の同級生よりは進歩的な考えを学んできた。ただ女子に求める良妻賢母教育は欧州の学校でも同じだったから、父が生存していたとしてもいつか結婚して主婦になることは疑っていなかった。金銭的には不自由のない生活を送っていたから、成長に伴う精神的な自立は意識しても、経済的な自立は考えたことがなかった。

けれど母から悪意のある結婚を強いられたことで分かった。

経済的に自立をしていないと、どんなに意に添わぬことでも逃げられない。そうして世の中には、その不遇にひたすら耐えている者が大勢いる。女だけではない。子供は皆そうだ。男でも病等が理由で働けない者はそうだろう。試用期間とはいえ、妃奈子は女官の仕事を得たから、そこから逃げることができた。

「いま、分かったわ」

自らに言い聞かせるように妃奈子はつぶやいた。

「私は、すごく幸運だったのよ」

初音は茶杯に手を添えて、じっと妃奈子を見つめていた。いつのまにぬぐったのか、口許についていた大福の粉がなくなっている。

「妃奈子さん」

おもむろに初音は呼び掛けた。

「また、遊びにきてもいい？」

妃奈子ははっと顔をあげる。初音の目は縦にも横にも大きい。闇の中でも強い光を放つ猫のようだった。

「あなたとは、もっとお話がしてみたい」

その初音の言葉を聞いたとき、妃奈子の心に生じたものはなんだったのだろうか。

自分では気づかなかった心の空虚を埋める、あるいは渇きに清涼な水を注いだような満足感。華族女学校での日々を虚《むな》しく過ごしてきた妃奈子が忘れかけていた、瑞々《みずみず》しい感情
――青春の喜びに心が満たされてゆく。

妃奈子は輝くような笑みを浮かべ、はっきりとうなずいた。

「もちろん、喜んで」

中の口からぬれ縁に出ると、御内儀の中庭がある。さして広い場所ではないので、大きな樹木や手の込んだ植え込みはないが、棚がいくつか設えられており盆栽等も含めた鉢植えが飾られて季節の草花を眺めることができる。

五月に入ったばかりのその日、妃奈子は女嬬の鈴と一緒に中庭に降りた。ぬれ縁には階段が付いており、直接降りることができるようになっていた。妃奈子は合服のサージのワンピース。判任女官の鈴は普通の和服を着用している。青緑を基調にした鱗《うろこ》文の単衣はそのまま町に出ても不思議ではない装いだが、半衿は正装に使う白である。

複数並ぶ中から、鈴は手前の棚に立った。

「この藤と躑躅《つつじ》の盆栽が、とても見事なのです」

二段ある棚の上段と下段に、それぞれ藤と躑躅の盆栽が置いてある。

妃奈子は腰をかがめて視線をあわせ、しげしげと観察する。大きさは共に、鉢も含めて一尺を少し上回るくらいだ。

下段の躑躅は桜のような薄紅色。隙間がないように咲いた小ぶりの花が、形の良い楕円《だえん》形《けい》に剪定《せんてい》されている。上段の藤の盆栽は、木化して幹のようになった蔓から無数の花房が重たげに垂れ下がっており、まるで柳の木のようだった。双方ともに本来の生育のしかたとは異なる、独特の世界観を作り上げている。

「これなら御座所にお持ちしてもよさそうね」

「御上にお目に留めていただけるのなら、庭師達も喜びますよ」

妃奈子達が降りた中庭は、御納戸や命婦詰め所に面している場所なので帝が通ることはない。ゆえにここにある植木や鉢植えは、普通にしていたらお目に触れない。だからこそ庭師が丹精込めて育てた見事な盆栽等を見つけると、女官達はぜひ帝にも見ていただきたいと願って時々御座所にお運びしているのだ。

「どちらをお持ちしようか、悩むわ」

「それは妃奈子さんの好みでいいんじゃないですか」

思い悩む妃奈子に、あっけらかんと鈴は言う。試用期間の妃奈子は、まだ源氏名を授かっていない。だから目下である鈴も名前にさんをつけて呼ぶ。妃奈子は鈴を呼び捨てにしている。

高等女官が判任女官以下の者を呼び捨てにするのはここでの慣わしだが、妃奈子は鈴以外の判任女官を呼び捨てにすることはまだできない。彼女達がみな年上だからだ。秩序を乱すと咎《とが》められそうだが、いまのところなにも言われていない。ちなみに針女の千加子も「さん」付けで呼んでいる。世話親の月草は気づいているだろうが、これもなにも言われていない。

「好みって言われても、どっちも素敵だし。う～ん、悩むなあ」

棚の前で妃奈子は唸《うな》った。

そのとき、ふと気配を感じた。なにげなく後ろを向くと、妃奈子達が開け放したままにしていた出入り口のむこうを、薄色の袿の裾をひきずりながら白藤が歩いて行った。気づかれては面倒だと、妃奈子は息を詰めて気配を消す。涼宮の提案で採用された妃奈子は、白藤から良く思われていない。顔をあわせることはそうないのだが、会うとかなりの確率で嫌みを言われている。

帝の生母でありながら、世間的には存在を隠されて女官としての扱いを受けている白藤は、帝の義母として皇太后に準じる立場の涼宮に反発している。もちろん父親の件も影響しているだろう。

御一新前であれば、帝室において側室の存在は公認のものだった。帝の妃《きさき》は基本は公家の娘だから、たとえ側室でも家柄が保証されているからだ。ゆえに産み奉った皇子が帝になれば、生母は皇太后、ないしは女院として尊重された。

しかし欧州の風習に迎合して近代化の道を進む現在では、側室の存在は公のものにできない。結果として白藤は、表向きは女官としてわが子に仕えているのである。

その複雑な立場や心境を慮《おもんぱか》ることはできる。だからといって涼宮やその周りの者を攻撃するのはお門違いである。

壁のむこうに白藤の姿が見えなくなってから、傍らで大きな溜息《ためいき》が聞こえた。

「お行きになりましたね」

鈴が胸を撫《な》でおろしている。妃奈子は思わず苦笑した。白藤の気難しい性格は、女官や雑仕《ぞうし》のみならず、局で働く針女や下女まで知っている。

「あっちに歩いて行ったということは、御座所にお上がりになるのでしょうか？」

鈴の問いに妃奈子は顔をしかめた。盆栽を持って行ったとして、妃奈子は部屋には入れないから、畳廊下のところで内侍か典侍に引き渡す。その役が白藤かと思うと、一気に憂鬱になる。

「盆栽をお持ちするのは、明日でいいんじゃないですか？」

肩を落とす妃奈子に、鈴が言った。言うまでもなく見抜かれていた。妃奈子は苦笑を浮かべ「そうするわ」と返した。

「今日はできるだけ、御座所に行かないで済むように気をつけるわ」

「そうなさってください。君子は危うきに近寄らず、ですよ」

高説ぶって言う鈴に妃奈子はまた苦笑した。

もう一、二時間のうちに、帝は学校からお戻りになるだろう。その身の回りの世話を白藤がする。母が子供の世話をするのは自然な光景だが、他の女官と同じで主に仕えるという形なのだ。

昨年の『観菊会』で帝は、母を仕えさせることは孝にも人倫にももとると言った。そして白藤の顔を見ることが辛《つら》いとも。それでも帝は白藤を遠ざけることはしないし、白藤も女官として他の仕事はしないくせに帝の身辺にだけは参じる。

もともと白藤は先帝の女官、側室として仕えるお后女官《きさき》だった。

先帝の崩御後、他二人のお后女官は宮中を辞したが、白藤のみが今上の女官として残ったのだ。幼いわが子の傍にいたいと考えたのだろう。母としてとうぜんの感情だ。

しかし先帝が崩御したとき、白藤が他のお后女官と同じに宮中を辞していたのなら、彼女の立場や扱いはもっと自然なものとなったのではないかとも思う。そうだ。せめて女官という立場を退いていたのなら、たまに許される謁見という形ででも、母子として接することができたかもしれない。

そもそも今上は宮中の習慣により、養育を受け持つ女官や侍臣の手で育てられたと聞いている。責めるつもりではなく、白藤はわが子を養育していない。ならば両者の間に存在する感情が、一般の母子と同じなのかと訊かれれば首を傾げる。

そうやって考えると、白藤が求めるものがいったいなんなのか妃奈子には分からない。

自ら産み落とした母親であれば、わが子を育てたいと思っている。わが子の傍にいたいと思っている。わが子の幸せを望んでいる――必ずしもそうとは限らないことを、妃奈子は身をもって知っている。

いったい白藤がなにを求めて、そしてそれを誰に求めているのか？　わが子である帝にか、義母の立場の涼宮にか、それとも宮中の人間を含む世間一般に対してなのか、妃奈子には見当がつかない。

ひょっとしたら白藤自身も、己の中にある複雑に絡み合ったさまざまな思いを消化しきれずにいて、結果として彼女は帝の傍にいることに固執しているのではないだろうか？

「それで、結局どちらにいたしますか？」

鈴の問いかけで、妃奈子は物思いから立ち返る。

そうだった。御座所に持ってゆく盆栽を、躑躅と藤のどちらにするのかを考えていたのだった。持ってゆくのは明日になりそうだけれど。

妃奈子はもう一度、棚に目をむける。上下に並ぶ躑躅と藤は、どちらも遜色なく端整である。

「躑躅にするわ」

妃奈子は言った。きっぱりとした物言いに、鈴はやけに納得した顔をしていた。


その日、妃奈子は月草から崩し字を教えてもらっていた。

仕事明けで仮眠を取ったあと、午後から非番であった月草の居間にお邪魔をした。呉からもらった『増鏡』を木製の書見台に広げ、月草の説明を頭に入れながらメモをとっていると、襖《ふすま》の向こうで「旦那さん」という千加子の呼ぶ声が聞こえた。

気ぜわしい物言いだった。

彼女は月草の老女に命ぜられて、外に使いに出ているはずだった。目的は、女子医専の近くにある菓子屋で大福を買うことだった。初音が土産に持ってきたものを局でおすそ分けしたら、月草もその老女もえらく気に入ったのだ。

『東京にもおいしいものがあるのね』

などと、いかにも公卿《くぎょう》の女らしいことを、憎まれ口ではなく素で言ったときは苦笑いしか出なかった。月草は十二歳から華族女学校に通っていたそうだから、もう二十年以上東京に住んでいるはずなのに、特に味覚には慣れないようだ。いや、はなから慣れようとしていないというべきか。

それはともかく、千加子の声音は大福を買いに行っていた人間のそれではない。

妃奈子は怪訝《けげん》な顔で襖を見やり、月草にと視線を移す。月草は柳眉をひそめ、何事かしらとつぶやいた。

「お許しあそばせ」

断りを入れて、妃奈子は声をあげる。

「ここよ」

「失礼します」

ゆるゆると開いた襖の先に、膝をついた千加子がいた。浅藍《うすらん》色に記号的な白い薔薇《ばら》の花を型染めした大胆な柄の縮緬《ちりめん》の単衣は、成熟した彼女の色香によく映えている。その日は五月晴れで動けば汗ばむような日和だったから、しっとりした首筋にはうっすらと汗がにじんでいた。

千加子は月草に一礼し、すぐに話を切り出す。

「旦那さん。先日おいでになられたご友人の方――」

「初音さん？」

「はい。その方が狼藉者《ろうぜきもの》にかどわかされそうになって」

妃奈子はペンを取り落とす。畳に転がったそれを拾うこともせず、身を乗り出す。

「そ、それで初音さんは？」

「ご無事です。折よく高辻さんが通りかかって、追い払ってくださいました」

なんだ、その偶然過ぎる展開はと疑問に思うよりも、まずは初音が無事だという言葉に妃奈子は胸を撫でおろした。

「よかったわ。それで初音さんはいまどこに？」

「下宿先なのですか？　小埜田先生のお邸《やしき》にお戻りになりました。門をくぐるところまで見届けましたから、まちがいありません」

「それって、ただの不埒者《ふらちもの》なの？」

その月草の問いの意味が、妃奈子はすぐには理解できなかった。若い娘をかどわかそうとする者が不埒者以外のなんだというのだ。返事ができないでいる妃奈子を前に、月草は短い沈思のあと、言った。

「すぐにお見舞いに行きましょう」

妃奈子は目をぱちくりさせる。

やがて戸惑ったまま「よろしいのでしょうか？」と訊いた。

この問いは、色々な意味を孕《はら》んでいた。事前の申請もなく外出が許されるのか、という規約的なことはもちろんだが、事情も分からぬまま迂闊《うかつ》に訪ねてかえって迷惑ではないかという懸念もある。腹心の友とでもいうのならともかく、まだ親しくなって間もない相手だ。果たしてそこまで立ち入ってよいものかどうか？　しかもこの物言いだと、どうも月草も同行する心持ちに聞こえるのだが。

「確か今週、世津子さんは不在のはずよ。大阪で学会があるから、釣鐘饅頭《つりがねまんじゅう》を買ってきてくれるとおっしゃっていたから」

なんだかよく分からないが、おそらく大阪ないしは関西の銘菓なのだろう。

しかし家主である世津子がいない下宿先は、確かに心配である。家丁《かてい》など防犯面で頼りになる男手はあろうが、主人が不在の間の家というものは、騒動が起きたときの対応が後手に回りがちだ。

「迷惑なようだったら、すぐに帰ってくればいいでしょう」

月草は言った。

「この状況で大切なのは、あなたの見栄ではなくて初音さんの不安を和らげることよ。彼女がそこまで不安を感じていない、ないしはそうであってもあなたにそこまで立ち入って欲しくなければ、きっちりと拒否するでしょう。そのときは帰ってくればいい。けれどももしも彼女が誰かの支えが欲しいと思っていたのなら、あなたが傍にいて不安を和らげてあげなさい」

妃奈子は目を白黒させる。とても思いやりに満ちたことを言っているのに、なぜこんなに冷ややかな物言いなのか？　ひょっとして自分が月草の言葉の意味や意向を取り違えているのではと疑ってしまった。

もろもろの疑念が伝わったのだろう。月草は不機嫌そうに眉を寄せた。まずかったかと妃奈子は焦る。ただ月草の日頃のふるまいを見ている身として、彼女がここまで人情味にあふれた言葉を前面に出すことに違和感はあるのだ。

印象ほど冷たい人間ではない。それは分かっているが、その一方で合理的で感情に流されない人でもある。

「それにあのお嬢さんは、世津子さんの希望だから」

月草の発言に妃奈子ははっとする。その言葉の真意はよく分からない。けれど月草の意向には合点がいった。彼女は初音への同情ではなく、初音が世津子にとって大切な人だから助けようとしているのだ。

よくも悪くも月草らしい動機である。

昨年の『観菊会』のとき、月草は妃奈子を支える理由を、涼宮の目に適《かな》ったからだと説明した。自分達のように閉鎖的で旧態依然とした女官達にばかり囲まれていては、若い帝の将来に憚《はばか》りがある。それを危惧した涼宮の鶴の一声で妃奈子は採用された。

──では、初音さんも？

世津子にとっての初音は、涼宮にとっての妃奈子と同じ存在なのだろうか？　具体的なことは分からないが、漠然とイメージが思い浮かぶ。

「初音さんのご家族には？」

「あの娘は、家族とはわけありよ」

きっぱりと月草は言った。うすうす感じていたことだけに、妃奈子は驚きもせずにただ気まずげな顔で答えた。

「──そうだろうと思っていました」

仮にも子爵令嬢ともあろう方が、学業をつづけるために書生とならざるを得ない。内証が厳しい華族は珍しくもないが、少なくとも祖父から女子医専への進学を勧められていたのだから、学費に困るような経済状況ではないと思う。

その学費を出してもらえなくなった。あるいは出して欲しくない状況になった。

理由として考えられるのは、家長が祖父から父に変わったことだ。進歩的な祖父とちがい、初音の父親が世間一般の観念の持ち主であれば、娘の女子医専進学を苦々しく思っているだろう。

家長は家族に対して扶養義務を負う代わりに、彼らの居住場所や婚姻に口を挟む権利がある。家長の命令に従わねば、家族は路頭に放り出されても文句は言えない。あくまでも想像だが、初音が苦学生である理由はそこに起因しているのではないか。その推察が正しければ、こんな事態でも家族に頼ることができない。

矢も盾もたまらなくなる。迷惑だと思われてもかまわない。そのときはそれでいい。ただもしも初音が不安を抱いているとしたら――。

「困ったときに、そこまで頼れないと思っていた人から手を差し伸べてもらうことは、本当に嬉《うれ》しいものなのよ」

月草の言葉に、妃奈子ははっとして彼女を見る。

らしくもない情深い提案の数々。それはひょっとして月草自身にその経験があったからではないのだろうか？　かつて結婚していた。けれどいまは独り身で女官として勤めている。おそらく、いや、ほぼまちがいなく訳ありだ。

月草が困っていたとき、手を差し伸べてくれた思いがけない相手。それが涼宮や世津子ではなかったのかと妃奈子は思った。だからこそ彼女達の希望である、妃奈子と初音に心を尽くしてくれる。

「分かりました。参ります」

きっぱりと言うと、常に硬い月草の表情が少しだけ和らいだ。

妃奈子は千加子のほうを向いた。彼女はずっと気づかわしげに、主人達のやりとりを眺めていた。

「出かけるわ。支度を手伝ってちょうだい」


手早く身支度を済ませ、妃奈子と月草は御所を出た。

妃奈子は藍を基調にした縦縞《たてじま》の紬。月草は京鼠《きょうねず》に藤の花を描いた縮緬の単衣に、薄紫の夏羽織《なつばおり》。それぞれ針女の手を借りて、あっという間に着替えてしまった。あくまでも体感だが、御所を出るまで半時間はかからなかった気がする。

小埜田邸は女子医専からほど近い、少し奥に入った閑静な住宅街にあった。付近の住民は学校のみならず付属病院に勤務する者も多いから、比較的裕福な層の集まりだった。富豪が住むような瀟洒《しょうしゃ》な洋館はなかったが、周りに垣根や塀を巡らした庭付きの和風建築が建ち並んでいる。

表通りに車を停《と》めてもらい、路地からは歩く。道を知っている月草が先を進み、妃奈子と千加子があとにつづく形になったので、人の目には、美しい奥様が二人の若い侍女を連れているように映るだろう。もっとも千加子は二人の荷物が入った風呂敷《ふろしき》包みを抱えているので、注意して見れば関係は一目瞭然であったが。

路地は少し入り組んでいたが、距離的にはすぐだった。表札のある腕木門をくぐると、雁行《がんこう》打ちに打った灰白色《かいはくしょく》の飛び石が中門まで緩やかな弧を描いて伸びている。

ここで自然と妃奈子は月草と並び、千加子が侍女らしくあとから続く形になった。

飛び石を中ほどまで進んだところで、正面中門の竹簀戸《すど》が開いた。出てきたのは純哉だった。その後に付いてきたのは、臙脂《えんじ》の行灯袴《あんどんばかま》を着けた初音だ。純哉は後ろを向き、首をもたげた初音になにか語りかけている。初音の上背は女子として標準だと思うが、純哉が長身なので話すときはそのような姿勢になる。

無意識のうちに、妃奈子はどきりとしていた。純哉が自分のおらぬところで、年頃の女性と話しているところを見たのはこれがはじめてではないか。

ふと初音の視線が動き、妃奈子の姿を捕らえた。

「妃奈子さん」

声をあげるなり、初音は純哉の脇を抜けて妃奈子のもとに駆け寄ってきた。彼のほうを一瞥もしなかった。

「驚いたわ、どうしたの？」

初音の声音には、粘りついた響きがいっさいなかった。妃奈子の胸のうちにわずかに芽生えかけていたざらついた感情が瞬く間に霧散した。そのうえで少しばかり罪悪感を覚えもした。

「千加さんから話を聞いて、心配になって」

「それで、わざわざ来てくださったの⁉」

初音は驚きの声をあげる。もしかして呆れているのか？　おずおずと妃奈子がうなずいたとき、ぎゅっと身体が引き寄せられる。気がついたら初音に抱きつかれていた。

「ありがとう、心強いわ」

しぼりだした声音は震えていた。妃奈子は胸がかっと熱くなるのを感じた。

──不安だったのだ。

躊躇《ためら》ったけれど、来て良かったと心から思った。妃奈子は右手を伸ばし、初音の肩をぽんぽんと叩いた。

「大丈夫よ。月草の内侍さんも高辻さんもいてくれるわ」

初音はいったん妃奈子から離れ、こくりとうなずく。

「良かったです。お二方が来てくださって」

おもむろに純哉が言う。妃奈子達が来た経緯は、千加子がいたことでおおよそ察したようだった。

「なぜ、高辻さんが？」

「摂政宮様の使いで、女子医専を訪問していたのです。その帰りぎわに坂口《さかぐち》さんとお会いして、妃奈子さんのお友達がかどわかされていると――」

坂口とは千加子の姓である。それで初音を送り届けると、涼宮の侍官と知った女中から茶をふるまわれて、この時間まで居座ることになったのだという。

「お仕事は、大丈夫なのですか？」

「今日は医専に寄ったあとは、直帰の予定でしたから」

「申し訳ありません。早くお帰りになりたかったでしょうに」

初音の謝罪に、純哉は首を横に振った。

「いいえ。大学のときの知り合い……田村先輩と待ち合わせをしているので、どのみちどこかで時間をつぶす予定だったのですよ」

初音は田村のことは知らないから、ここで彼の名を出したのは妃奈子に対する説明だったのだろう。

「留学前の、壮行会の打ち合わせもしてきますよ」

そう言って純哉は去っていった。

入れ替わるように妃奈子と月草、そして千加子が邸内に招き入れられる。

千加子を玄関脇の取次部屋で待たせ、妃奈子と月草は奥の座敷《ざしき》に案内された。中年の女中が盆を手に、妃奈子と月草に茶を提供した。二人が一口喫したあと、初音は沈痛な面持ちで経緯を語りだした。

「私を連れ戻そうとしたのは、うちの家令（華族の家務を管理する者）なの」

「たとえ家令であろうと白昼に抵抗するお嬢さんを車に押しこめようとするのは、連れ戻すではなく狼藉というのよ」

月草は断罪した。藤の花の化身のような可憐な美貌から放たれる言葉はいつも辛辣である。

初音は困ったような顔で、そっと笑った。

家令の仕業、ということは家族が命じたわけだ。そうだろうとは思った。女子医専への進学を支持してくれた祖父が亡くなり——そのあとのことは聞いていないが、爵位を継いだ初音の父との関係がこじれているのではと想像した。

「ええ、私もそう思います」

あっさりと答えたあと、初音はきっと唇をかむ。

「ですが家長である父には、私の居住場所や婚姻を決める権利があります」

やはりそうかと、妃奈子は天を仰ぎたい気持ちになる。

家令の狼藉は、彼女の父、すなわち須藤子爵の意向だったのだ。

家制度が敷かれている世において、家長の権力は絶大である。つまり初音の父が娘を自宅に連れ戻そうとした行為は、まったくの合法なのだ。

「それはあなたが、父親から保護を受けていた場合でしょ」

事も無げに月草が言った。

「世津子さんから聞いたわ。あなたは特待生で、学費は免除されているそうじゃない。しかも書生さんなら、生活費も賄ってもらえる。ならば自分の希望にそぐわない、家長の意向に従う必要はなくてよ」

家長の意向に背いたからといって、司法的に罰が下されるわけではない。しかし家長は自分の命に従わぬ家族を離籍する権限がある。離籍すれば家族ではないから、もう保護する必要はない。

家制度において経済力を持たぬ者は、生殺与奪の権利を家長に握られている。逆に保護を受けずとも生きていけるのなら、家長の意向に従う必要はない。駆け落ちした恋人達が結婚に至れるのはそういうことだ。

「そうなのです。私は家から一銭の援助も受けていません。ですから勘当されたも同然と思っていました。いまになってここまで強引なことをするとは――」

そこから初音が語った事情は、おおよそ妃奈子が想像していたものだった。

進歩的な祖父の意向で女子医専に進学したものの、彼の死に伴い父が家長となったことで学校を辞めるように命令される。女が外で仕事をするなどはしたないと、嫌悪感もあらわに言われた。どのみち学費を打ち切られれば、初音は学業をつづけられない。

普通の娘ならそれで終わりだ。

しかしその点で、初音はやはり才媛だった。なんとか学業をつづける方法はないかとあれこれ案じ、まず学生課に相談をした。そこで成績優秀者を対象とした学校の奨学金制度を提示された。そのうえで話を聞いた世津子からは書生の話を持ち掛けられた。たとえ奨学金を受けようと、女子医専に通うかぎり家で暮らすことはできない。食住が担保される書生の話は本当にありがたかったと、しみじみと初音は言った。

「勘当同然で出てきたから、すっかり愛想をつかされていると思っていたわ。まさか今頃になって連れ戻そうとするなんて」

「女の子はなまじ学などつけずに、早めにお嫁に行くことが幸せだと信じているのでしょうね」

困り果てたように妃奈子は言った。

初音の父親の気持ちを慮りはしたが、別にかばったわけではない。他人の父親を非難するわけにもいかなかっただけだ。とはいえ娘の幸せにかんしては、本当にそう思っている親が特に良家には多いのだろうが。

初音はうんざりとした顔で肩を落とす。父親の価値観を変えることは絶望的である。父親が今日のような強硬手段に出るというのなら、初音は本当に自立できるまでは逃げつづけるしかない。

「通学のときは気をつけて。この家に男手はいるの？　いるのならしばらくはその人に付き添ってもらったほうが」

「先生御用達《ごようたし》の車夫がいるけど、通いなのよね。二軒先に学生課の事務員がいるから、頼んでみるわ」

現職の事務員なら、少なくとも老爺《ろうや》ではなかろう。世間体もある。人目もある中、須藤家の者もそう乱暴な真似《まね》はしないだろう。そんなふうに安心したとき、表のほうでがらがらと車輪の回る音がして、ぴたりと止まった。人力車の音である。世津子は数日帰ってこないはずでは？　妃奈子と初音は怪訝な顔をする。その中で月草が一人、眉間にしわを刻んでいる。

少しして部屋の外で声がした。近くに座っていた初音が「どうぞ」と言うと、襖が開いて黒っぽい木綿の着物を着た女中が姿を見せた。

「初音さん。御実家の方が――」

初音の顔がはっきりと強張った。今度は正攻法で訪ねてきたというわけか。彼女は胸の前できゅっと拳を作った。ひとつ息をついて立ち上がろうとしたときだ。

「お待ちなさい」

素早く月草が立ち上がった。きょとんとする妃奈子と初音を見下ろし「まず、私が参ります」と言った。

「え？」

　とうぜん初音は驚きの声をあげるが、かまわず月草は出ていった。毅然とした姿勢は巴御前《ともえごぜん》か、はたまたヴァルキューレのように勇ましい。どちらにしても雛人形のように可憐な容貌の月草からにじみでる威厳と貫禄《かんろく》は、いつもすさまじいのだ。

　あ然とする初音を急《せ》かし、彼女に案内させて玄関前の取次部屋のガラス障子を叩く。勝手口から中庭を通って迂回《うかい》できるようになっていた。中で待っていた千加子がぎょっとした顔で二人を見る。

「あとで説明するから」

　小声でささやき、玄関に通じる襖をそっと開く。そこは中廊下の横になっており、正面に玄関の式台が見える。沓脱石《くつぬぎいし》を置いた土間に江戸小紋の単衣に紬の羽織を着た中年の男が立っていた。いでたちからして家令には見えなかった。

「お父様なの？」

　妃奈子の問いに、初音がうなずいた。腹をくくって表に出ようとした初音の腕を、妃奈子は強く引き寄せる。

「いまじゃないわ」

　驚いた顔をする初音に、妃奈子は言った。いつまでも逃げることはできないが、この邸の主人である世津子が不在の状況で会う必要はない。

そのとき中廊下を歩いてきたであろう月草が、取次部屋の前を通り過ぎた。勝手口に回った妃奈子達が先に着いたことを考えれば、かなりのんびりと来たことになる。公家出身の婦人らしく、ひとつひとつの動作がゆっくりしている彼女ではあるが――。

(いや、わざとだよね)

月草は優雅な足取りで式台に立った。そのまま須藤子爵を見下ろす。膝をついて出向かえるような発想など端《はな》からない。

「お待たせいたしました」

とつぜん出てきた﨟長《ろうた》けた美女に、須藤子爵はいささか面食らった顔をした。

「小埜田博士の友人で、留守を預かっております庭田と申します。本日はどういったご用件でございましょう」

言葉自体は丁寧だが、木で鼻をくくったような月草の物言いに、須藤子爵は露骨に不機嫌な顔になる。

「え、いつそんなことに?」

小声で初音が言ったので、やはり口から出まかせかと呆れつつも妃奈子は微塵の揺るぎもみせない月草の胆力に感心していた。

「須藤新之助《しんのすけ》です。数ヵ月前に父から子爵位を襲爵しました」

「存じ上げております。宗秩寮の情報はすぐに入ってまいりますので」

女相手とたかをくくり、爵位を盾に優位に立とうとした須藤子爵の目論見《もくろみ》はもろくも崩れ去った。宗秩寮の情報を素早く入手できる者が並の女であるはずがない。一瞬怯《ひる》んだ様子を見せはしたが、すぐに気を取り直したように須藤子爵は言う。

「ほう、ご存じでしたか」

「ええ。先代の須藤子爵は鷹揚《おうよう》で快活なお方でしたね」

微妙な当てこすりに、須藤子爵はこめかみを引きつらせる。いよいよ余裕を無くした彼は、表情に露骨にいらだちをにじませた。怒りを逆撫でするように、つんけんとした口調で月草は言う。

「子爵自ら足を運んでいただき恐縮ですが、本日小埜田博士は不在でございます。おいでになったことは伝えておきますので、日をあらためて次は事前にご連絡のうえ、お越しくださいませ」

「小埜田博士に用事はありません」

はっきりとした当てこすりに、いよいよ須藤子爵は声を荒らげる。

「私は自分の娘を連れ戻しにきただけです。いるのでしょう、出してください。女が医者になるなど、そんな恥知らずな真似を子爵家の娘に許すわけにはいきません」

「小埜田博士は侯爵家出身の令嬢でございますわ。では子爵は、博士の父君であらせる侯爵・小埜田将軍が恥知らずな真似をなされたと仰せになりたいのですか？　先の海戦で敵の大艦隊を駆逐せしめ、我が国を勝利へと導いた英傑でございますよ」

須藤子爵の顔が青ざめた。

小埜田将軍の名前は知っていたが、何しろその戦争は生まれるだいぶ前の話なので、妃奈子にとってはほぼ伝説的な存在だった。大名家出身の武家華族だとは聞いている。小埜田の姓は知っていたが、それを世津子と関連させることはなかった。

（世津子先生って、すごいお姫さまだったんだ……）

考えてみれば、それぐらいの生まれでなければ涼宮の学友には選ばれないだろう。

「こちらは、その英傑のご令嬢の邸宅でございますのよ。同じ華族として、あまり無作法なふるまいは控えられたほうがよろしいでしょう」

「わ、私はその……」

須藤子爵のだらだらした弁明を、月草は冷ややかな面持ちで聞き流すだけだ。彼女はなにを言い返すわけでもないのに、その作り物のような顔を見ているだけでひどくみじめにさせられてしまう。

「私、このままここで見ていていいのかしら？」

ぽつりと初音は言った。不安に思うのも然りである。彼女からすれば自分のことで、縁もゆかりもない月草が矢面に立ってくれているのだから。責任感からの友人の発言を、妃奈子はあえて阻んだ。

「もうちょっと待って。月草の内侍さんはあえて止めたのだから、きっと勝算があるはずよ。現に今だって圧倒的に優勢だから。ここで初音さんが勝手な行動をとっては、目論見がご破算になりかねない」

「う、うん……」

言葉ではそう言うが、初音の表情は納得していない。気丈な彼女だから、無責任なのではという疑念が消えないのだろう。

須藤子爵はしどろもどろに、なにか言い訳をしていた。ただしそれは小埜田将軍に対する失言への弁解であって、世津子にかんしてはなにも触れない。彼は小埜田将軍への弁明ができれば、それで問題はないと思っているのだ。

三十半ば過ぎで、医師と教員という立派な肩書を持つ世津子も、須藤子爵にとってはあくまでも父親の所有物なのだろう。この男が世のあらゆる女に対してそのような感覚を持っているのなら、自分の娘への所有欲を消せるはずがないのだ。

このまま喋《しゃべ》りつづけても、自分が不利なだけ。そのことに気づいた須藤子爵は、いったん口をつぐみ中廊下の先に目をむけた。すぐ近く。わずかに開けた襖のむこうに、娘がいるなどと微塵も思っていない。

「初音、さっさと出てこないかっ！」

他人の家の玄関先でわめくという須藤子爵の非礼に、妃奈子は眉を寄せる。ふと心配になって初音を見ると、彼女は怒りで顔を真っ赤にしている。だが恐れても悲しんでもいない。彼女の反応はむしろ武者震いに近く、ここで父親の前に出て対峙《たいじ》できないことが無念でならぬような顔をしている。

頼もしく思いながらも、なぜ初音はここまで気丈なのかと不思議にも思う。

妃奈子も横暴な母親には反発していたが、それも自分のことを思ってのことなのかと思うと心が迷っていた。だが、それは結局こちらの思い違いだった。実母は妃奈子の幸せなど望んでいなかった。そのことに気づいて、ようやく母親の呪縛から放たれることができたのだ。

けれど初音には、その躊躇いがない。彼女は父親のことをどう思っているのだろう。

「いいのかっ！　このまま帰ってこぬようなら、離籍することも辞さぬぞ！」

「そうなさればよろしいのでは？」

ひどく煩わしそうに月草が言った。うるさい蠅《はえ》をはらうような表情をしている。

この場合の離籍は、親子の縁を切るとほぼ同義語である。強い言葉を事も無げに促した月草に、妃奈子はさすがにぎょっとする。見ると初音もあっけに取られている。

「離籍すると仰せなら、その旨はきちんとお伝えいたします。聞いたうえでご令嬢が親が大切であれば、頭を下げて戻ってくるでしょう。そうでなければ親は大切でも、それを上回るものがあったということです。なれどそれは子爵も同じことでございましょう。手塩にかけたお嬢様の離籍も辞さないほど、大切なものがおありなのですから」

須藤子爵はぶるぶると肩を震わせ、やがて吐き捨てるように叫んだ。

「あ、あなたに、親の気持ちなど分からぬでしょう！」

「——もちろん分かりません」

一拍置いて月草は言った。

そう返されたら、なんとも反論しようがない。虚をつかれたようになる須藤子爵に月草は淡々と告げる。

「ご令嬢は、こちらの小埜田邸でしっかりお世話いたしております。なんぞご懸念なぞございましたら、小埜田将軍にお尋ねください。お二方でございましたら、貴族院でお会いすることも叶いましょうから」

つまり須藤子爵は、貴族院議員というわけだ。小埜田将軍は侯爵だから、三十歳になれば終身制の議員となれる。ただしこちらは他の貴族議員とちがって無償である。

須藤子爵はなにか言いかけたが、それより先に月草は玄関戸を手で示した。

「主が不在の邸でございます。どうぞ本日はお引きとりを」

取りつく島もなく言われた須藤子爵は、顔を赤くした。しかしヴァルキューレのような威厳のある月草に、結局なんの言葉もなく引き返すしかできずに憤然としつつも帰っていった。

黒の漆を塗り重ねた膳には、あげたての天婦羅が金色に輝いていた。他にも湯葉と野菜の炊き合わせ。二本串を刺した豆腐の田楽、生麩《なまふ》を入れた茶碗蒸しなど、彩《いろどり》も美しい料理がずらりと並ぶ。

女子医専から少し車を走らせた先に、その上方料理店はあった。

「おいしそうですね」

目を輝かせた初音に、妃奈子は少しほっとする。

父親が帰ったあと、さすがに彼女は落ちこんでいた。取次部屋では塩をまかんばかりの勢いだったが、一拍置いてから色々と思うところが出てきたようだ。妃奈子自身、母親とのことを鑑みても、親子の関係とはそんな簡単に割り切れるものではない。

どう励まそうか悩んでいると、とつぜん月草が、食事に行こうと言いだした。

妃奈子は本当に驚いた。

「月草の内侍さん、外食なさるのですか？」

民間のあらゆるものを「下方」と称するところに現れているように、御内儀で過ごす高等女官は刷り込まれたように自然に世間を下に見ている。もしかしたら関西地区を上方というところからきている習慣かもしれないが、下方と称された側にしてみれば良い気はしない。

ともかく一事が万事そんな調子だから、月草にかぎらず高等女官という人達は、貴人への供奉でもなければ外出することは稀《まれ》だった。その月草がわざわざ女子医専まで足を運んだことは世津子がらみだったとしても、まさか外食にまで誘うとは。

「私は家で茶の湯や生け花だけをして過ごしたわけではなく、五年間女学校に通っていたのよ」

そう返されれば、なるほどと思う。

だから月草が連れてきてくれた、この料亭にも納得がいったのだ。聞けば世津子と何度か来たことがあるのだという。芸妓《げいぎ》などが出入りしていない静かな店は、婦人ばかりでも入りやすい。板長を兼ねる店主が大阪出身で、味付けが月草の舌にあうのだという。挨拶に来た女将は、おっとりとした言葉遣いが印象的な京女だった。

月草を上座に、妃奈子と初音は彼女にむきあうようにして座る。千加子は同席させずに供待ち部屋で待機させている。少々心を痛める妃奈子をよそに、千加子は朗らかに「お待ちしておりますね」と離れていった。

鱧《はも》の天婦羅を口に運ぶと、さくりと衣が音をたてる。その横で初音が湯葉を箸でつまみあげる。

「おいしい」

「この炊き合わせ、味付けがとても上品ね」

若い娘達が楽しげに食べる前で、月草はゆっくりと品よく箸を運んでいる。口に運ぶ量もごくわずかなのに、なぜか妃奈子達と同じ速度で膳のものが減っている。身体付きは小柄で華奢、顔立ちは名匠が刻んだ雛人形のよう。息をしていることを不思議に感じるほど浮世離れした容貌なのに、こういったところに妃奈子は月草の強《したた》かな生命力を感じる。

しばらく料理を味わったのち、初音は箸をおく。そしておもむろに頭を下げた。

「今日は本当にありがとうございました」

「とうぜんでしょう。あなたは世津子さんが見込んだ人なのだから」

さらりと月草は返す。熱い言葉と事も無げな物言いが釣り合わない。

初音はきょとんとしている。彼女は世津子と月草の関係をあまり知らないから、よけいにぴんとこないだろう。

月草は茶碗蒸しをすすった。そうして器を膳の上に戻し、懐紙で口をぬぐいながら初音を見やる。

「いいこと。これだけは胸に刻んでおきなさい」

月草は切り出した。

「学校から奨学金を受け、世津子さんからも生活を見てもらっている。だからあなたはどんな困難があろうと、医師にならなくてはならないのよ。そのうえでいまの世津子さんのように、あなたも後進を育てなくてはならない」

初音は瞬《まばた》きもせずに、月草を見つめていた。

「たとえ、親から縁を切られてもね」

妃奈子と初音が取次部屋で話を聞いていたことは、子爵が帰ってから月草に伝えた。そのときは離籍についてのやりとりに、月草は触れなかった。伝えておくと子爵に言いきっていたのにもかかわらず、である。

なるほど。初音が玄関でのやりとりに側耳《そばみみ》をたてていたのなら、あえて伝える必要もないと判断したのであろう。しかし前置きもなしにいきなり切り出してくるとは、合理的にもほどがある。

月草の直言に、初音は膝の上で手を握りしめて声を絞りだす。

「――許されるのでしょうか？」

「許す？　誰があなたを罰するというの」

月草は言った。

「少なくとも刑事事件にはならないわ。かといって民事裁判を起こすほど、須藤子爵が世間体を気にしない方なら、最初からあなたが女医になることを認めているはずよ」

確かに。娘が職業婦人となることを恥と思う父親が、裁判を起こすなどと世間の注目を浴びる真似をするとは思えない。まして父が娘を訴えるというのなら、新聞が面白おかしく書き立てるさまが容易に想像できる。世間体を気にする華族には、とうてい耐えられまい。

「そういうことだけではなく……」

初音は言葉を濁した。だからといって親と縁を切るというのは、なかなか決断できることではないだろう。

実態はすでに明白だ。

親にその自覚はなくとも、子にとって害でしかない存在。

妃奈子は時間を要したが、初音ほど聡明《そうめい》であればすでに気づいているはずだ。

「私という人間にとって甚だ見当違いではありますが、父は家庭に入ることが婦人の幸せだと信じているのです」

ここにきて初音は父をかばうようなことを言った。一年前の自分を思い出して、妃奈子は胸が苦しくなる。

「であれば、父親が自分で間違いに気づくまで待ってあげればいい。暴力を振るうような相手と一緒になると強情を張っているならともかく、安全な学び舎で過ごす娘をかどわかしてまで連れ戻そうとするなんて、それは親心ではなく支配欲でしょう」

いっさいの迷いなく月草は言う。

初音は苦い顔をしていたが、衝撃を受けたふうではなかった。おそらくだが彼女自身も気づいている。その点では初音は、妃奈子よりずっとたくましかった。学校生活を円滑に過ごした彼女は余計な劣等感で自分を苛《さいな》むこともない。

初音は深く嘆息した。己の内側にあるもやもやのすべてを、空気に溶かし込んでいるような長い呼吸だった。

「ならば私は、師達の期待に応えたいです」

はっきりと初音が言ったとき、妃奈子は清々《すがすが》しい気持ちになった。

月草はほとんど表情を変えなかったが、品の良い口許がわずかに緩んでいることに妃奈子は気がついた。

「妃奈子さん」

初音の呼びかけに、妃奈子は視線を彼女に戻す。初音は重い荷物を運び終えた直後のような、軽やかな顔をしていた。

「私も、すごく幸運だったみたい」

かつて妃奈子が彼女に言った言葉を、初音は口にした。

そうなのだろう。それゆえの面倒な制約はあるが、華族、ないしはそれにつながる家に生まれたことで、妃奈子も初音も教育を受けることができた。女子医専は高等学校以上の教育を受けた者でなければ受験はできない。

ままならないと不満を抱きながらも、人よりは恵まれた境遇と周りの厚意で不遇の環境から逃げることができた。けれど世の中には、不幸な境遇にも涙ながらに甘んじるしかない者も大勢いる。

妃奈子と初音は目を見合わせ、やがてこくりとうなずきあった。そのとき妃奈子は、彼女を生涯の友として、困っているときは必ず手を差し伸べようと胸に誓った。

「さて……」

ほうじ茶を飲みながら、月草が言った。

「今後の懸念は、今日のように家人を使って無理矢理連れ帰ろうとすることね」

「そうですね。ひとたび家に連れていかれたら、むこうは親ですから。世津子先生が抗議をしても通りません」

妃奈子の言葉に初音は眉を曇らせた。

「そうなのよね。せめて成人していればなんとかなるかもしれないけど、未成年は離籍もできないから。私も売り言葉に買い言葉であんなふうに返してしまったけど、そのあたりきっちりと子爵に指摘してやればよかったわ」

そこは子爵も勢いで言っただけで、承知はしていると思う。月草も戦術ではなく、揚げ足を取るつもりの嫌がらせの意図が強かったのだろう。

「ともかく外に出るときは気をつけて。最低限、二十歳になるまでは連れ戻されてしまえばどうにもならない」

妃奈子は言った。脅すつもりではないが、それが現実だ。正直、二十歳を過ぎても学生でいるかぎりは怪しい。経済的に自立していないかぎり、いかなる事情があったところで個人は家長の支配下にあるのだ。

卒業まであと三年。初音が医師の資格を得て自活できるまで、なんとか逃げ切るしか術はない。

初音は沈痛な面持ちで俯《うつむ》いている。それはそうだ。これから三年、連れ去りにおびえながら過ごさなければならぬなど、想像しただけでぞっとする。

重苦しい空気が部屋に立ちこめる。なにか策はないかと案じていたとき、障子のむこうからどーんと、誰かが転倒したような音が響いた。

「大丈夫ですか。そんなにふらついているのに――」

覚えのある声に妃奈子は反射的に立ち上がる。そのまま深く考えずに障子を開く。

幅広の縁側には、純哉がいた。昼間に会ったときと同じ三つ揃いを着ているが、上着は脱いでいる。思いもよらぬところから姿を見せた妃奈子に、目を円くしている。思いもよらなかったのは妃奈子も同じで、今日二回も顔をあわせたのかと思うと、こんな状況なのに得をした気持ちになった。

「え、妃奈子さん?」

「いかがなさいました?」

「いや、えっと……」

純哉は縁側の先に目をむける。妃奈子は上半身を乗り出し、彼の視線を追う。そこには田村が座り込んでいた。いや、そんな行儀のよいものではなく、へたりこんでいるというべきか。先刻聞こえた物音は彼のしりもちだったのだろう。しかも田村には立ち上がる気配もなく、そのまま俯いている。純哉は彼の傍にしゃがみこんだ。

「田村さん、しっかりしてください」

「うるさい。ほうっておいてくれ」

田村は純哉の手を振り払ったが、その動作は弱々しい。観桜会での秀才然とした姿を思えば、どう見たって悪酔いしている。さすがに気になったのか、初音が妃奈子のあとについて縁側に顔を出す。あたりまえだが他の部屋の客も障子を開いて顔を出している。中庭を挟んだ先の向かいの部屋の者など、堂々と縁側に出てきている。

これは、ちょっとみっともない。純哉も田村も立場のある青年だ。酔漢がくだをまいていたという悪評だけで、色々と憚りが出る。

「妃奈子さん、こちらの方はどなた?」

初音が耳元でささやく。初音は純哉とは面識があるが、田村とはない。しかし昼間純哉から恩義を受けたばかりなので、困っている彼を見捨てることもできない。三人で困惑していると、部屋からひそめた眉の形まで想像できるほど、冷ややかな月草の声がした。

「そんなところで騒いでみっともないでしょう。中にお入りいただいて、お茶でも飲んでいただきなさい」


白い磁器の茶杯から、きれいな若菜色の煎茶が湯気をあげている。

「醜態をさらして、誠に申し訳ありません」

うなだれた田村は恥じ入るような声で言う。人目があるからと半ば引きずられるように連れ込まれた部屋で、氷のような眼差しをむける月草に一気に酔いが醒めたようだ。まるで尋問でも受ける人のように、広い肩をすくませている。帝付きの高等女官という立場は妃奈子も同じだが、いかにもという月草の容姿は、その可憐さとはうらはらに見る者を威圧する。

「それで留学を間近に控えた前途洋々の帝大の教員ともあろう方が、なにをそのようにお嘆きなのですか?」

明確に嫌みっぽい言いように、妃奈子ははらはらする。さすがに田村はむっとした顔になり、急に怒ったように言った。

「留学なんて、そんなもの……どうなるのか分かりません」

「え?」

妃奈子は疑問の声をあげるも、田村は不貞腐れたままでそれ以上なにも言わない。純哉を見ると、彼は困惑と苦々しいのが入り混じったような表情で嘆息した。

どういうことだ。観桜会では、ほぼ決まったことのように、あんなに希望に満ちた顔をしていたのに。もしかしてご破算になってしまったのだろうか? それとももともと決定ではなく、田村の思いこみか先走りだったのか。

「田村さん。まだ方法はあります。ご親戚の方には根気よく説明を」

「いや、そんなことまでする必要はない。こっちは親子の縁を切ってもかまわない」

なんとも過激なことを田村は言う。それにしても今日は縁切りという言葉を頻繁に聞くものだ。

「成人した男性なら、その気になれば誰とでも縁を切ることができますものね」

ぽつりと初音が言った。彼女の状況からして、思わず出た本音なのだろう。しかし背景を知らない者からすれば嫌みに聞こえる。そこまでではなくとも不穏な言葉にはちがいない。

あ然とする田村に、初音は申し訳なさと不満が入り混じったような表情を浮かべる。最初田村は文句を言いたげな顔をした。しかしその初音の反応に、なにか訳ありだと察したようで口をつぐんだ。

「なにがあったのですか？」

純哉と田村、どちらにともなく妃奈子は問うた。その間、月草は一人でゆっくりと茶を喫していた。

「父が死にかけているのです」

ぶっきらぼうに田村は言った。妃奈子はとっさに言葉の意味を解することができなかった。父親が死にかけているのに料亭で酒を飲んでいるというのは、常識的に理解しがたい行動である。

困惑する妃奈子を前に、純哉が弁明するように言う。

「少し事情がちがいますね」

「なにがちがう。そもそも物も言わず身動きも取れない。ただ食って垂れ流すだけの存在など、最初から死んでいるようなものだろう。それなのにいつまでも命根性汚く生きながらえやがって！」

逆鱗《げきりん》に触れたのか、田村は声を荒らげた。過激かつ汚い言葉に、妃奈子も初音もあ然とする。

「田村さん、落ちついてください。ご婦人方の前ですよ」

純哉にたしなめられ、田村は少し落ち着きを取り戻した。

「失敬……」

「お父様がご危篤の状態にあるのですか？」

単刀直入に月草が問う。年長の彼女の貫禄に、田村は素直に答えた。

「あれは危篤、というのでしょうか。数年前に中風（この場合は脳卒中）の発作で倒れて以来、寝たきりで言葉も出ない状態なのです」

それを本人ならともかく、周りが死んでいるようなもの、と言ってしまうのは道義的に問題がある。しかし世話をする者が苦渋から、そんなふうに思ってしまう感情は理解できる。

「そう、お気の毒ですね」

「自業自得です」

あまりそうも思っていないように言った月草に、吐き捨てるように田村は返した。

これだけで、田村と父親との関係が良くないことが察せられた。どう感じたのか、初音は探るような眼差しを田村にむけている。その初音も含めた女達の視線と自身の過激な発言に気づいたようで、田村は頰を赤らめた。酒のせいもあるのだろう。おそらく彼はこんな汚い言葉を使うことに慣れていない。純哉が親しくしているのだから、そう乱暴な人ではないはずだ。その彼がここまで厳しい言葉で実の父を非難する。

——なにがあったのだろう？

必然、疑問はそこになる。この部屋にいる女三人が、共通の疑問を抱いて田村を見る。

特に初音は、まるで探偵のように目をぎらぎらさせている。この人の身になにが起きたのか、必ず探ってやると言わんばかりの眼差しだった。

女達の視線を受け、田村はひとつ息をつく。そうして諦観したように、ぽつりぽつりと事情を語りだした。

田村の実家は旧旗本の士族で、軍人に転身した祖父の働きでそれなりに裕福な家であったのだという。しかし同じく軍人の道を進んだ彼の息子、すなわち田村の父親は惰弱で享楽的、軍人の適性は皆無と言ってもよい人物だった。

「結婚してもその性根は変わらず、給与はいっさい家に入れず、芸者遊びや博打《ばくち》につぎ込んでいました。おまけに酔っては再三騒動を引き起こしていたので、とうぜん軍は除籍処分となりました」

それでも祖父が生きているうちは、父はまだ神妙にしていた。祖父もこんな息子にはとても家督は譲れぬと、家長として田村と田村の母を扶養してくれた。そのうえで自分が亡きあとを慮り、母にまとまった金を預けてくれた。こんなことが父に知られたら、遊興費に丸ごと持っていかれてしまうと、母は資産の存在を必死で隠した。

祖父が亡くなり家長となった父は、いよいよ家に寄り付かなくなった。手持ちがなくなると戻ってきては、家財を売り払った。これも家長になったからできたことである。家族を扶養するという義務はいっさい果たしていないくせに、権利ばかりは主張していたのだと、田村は皮肉げに口許を歪めた。

初音はなんとも言えない表情で、田村の話を聞いていた。保護をしてくれた祖父への感謝、そして父への反発という点で二人は共通しているが、被害の程度では田村が何十倍も上回る。ひょっとして自分の悩みは贅沢《ぜいたく》なものなのか？　そんな懸念が彼女の胸に兆していても不思議ではない。

——そんなこと、他人と比べることじゃない。

そもそも田村の不幸と、初音の夢はまったく別問題である。

妃奈子は初音の膝に手を置いた。初音ははっとしたように顔をあげる。妃奈子は彼女に目で訴えかけ、ゆっくりと頭を振る。初音はしばしぽかんとしたあと、やがてその意図を察したようにこくりとうなずいた。

「祖父から預かった財を、母は必死で隠していましたよ。知られたら最後、一晩で博打に消えてしまうのが目にみえていますからね。けれどどこからか、その存在を聞きつけたようです」

そこまで皮肉げに余裕を持って語っていた田村の表情ががらりと変わった。目にも口にもはっきりとした憎悪がにじみでている。

「父は母に金を出すように迫りました。母はそんなものはないと突っぱねましたが、父は納得せずに母にひどい暴力を振るいました。騒ぎを聞きつけた近所の人達が止めに入ってくれなければ、母は殴り殺されていたかもしれません」

連絡を受けて学校からあわてて病院に駆けつけると、痛々しいほどに顔を腫らした母がベッドに横たわっていた。あばらと手首を骨折させられていた。父親は警察に拘留されたが、離婚と親権を条件に母親は告訴を取り下げたのだという。民法では親権の第一者は父親だから、普通の離婚では母親が持つことは叶わなかった。

「前科者にしてしまえば、それもできたかもしれないのに」

憎々しげに田村は言った。しかしそうなると、田村が前科者の子供になってしまう。

それからは母親と二人、穏やかな生活を送った。彼女は息子の大学卒業を見届けるようにして亡くなった。

二年ほど前。父親の近況が父方の伯母から知らされた。

大きな中風発作を起こし、完全な寝たきりとなってしまったのだという。医者の言うこともきかずに荒れた生活を送っていたのだから、まったくの自業自得だと思った。憐《あわ》れとも思わなかったし、会いたいなどと微塵も思わなかった。

そう返事をすると、伯母は訴えた。さんざん迷惑をかけられたことは知っている。縁を切ったことも知っている。けれど私とて嫁いだ身。姉と息子のどちらに扶養の義務があるかと言えば、答えははっきりしているだろうと責められれば従うしかなかった。帝大勤務の官人という立場もある。

驚いたことに、昔住んでいた邸は売られずに残っていた。

父親の唯一の資産となったその邸を売って金を作り、借金を返済して、残った金で療養所に入れた。それから田村は一度も見舞いに足を運ばなかった。手続きで必要なことがあれば、事務所で済ませて病室には行かないで帰っていた。

父親は寝たきりの状態のまま、微塵の改善もなく二年が過ぎた。それがここひと月ほどで急激に身体が弱くなってきた。一ヵ月後かもしれない。一週間後かもしれない。とにかくいつ死んでもおかしくない状態なのだが、もしかしたら半年は持つかもしれないというのだ。

伯母をはじめとした父方の親族は女ばかりで、みな他家に嫁いでいる。そもそも息子なのだから、お前には死に水を取る義務がある。それまで留学は延期すべきだと彼女達は言うが、とんでもない案である。そんなことをしたら代わりに別の者が選ばれてしまう。

「誰にも看取《みと》られずに孤独に逝く最期が、あんな男にはふさわしいんですよ」

田村は吐き捨てた。憎悪に満ちた声音に、妃奈子の胸は痛む。いくら親とはいえ、そこまでの経緯があれば憎むのもとうぜんだ。初音は痛ましいものを見るような目を向けている。そこに非難の色はない。常識的に考えて、妃奈子の母も初音の父も田村の父のような外道ではない。けれど二人とも、親という存在がかならずしも子のことを純粋に思っているわけではないという実態を知っている。

だから田村の怒りや嘆きを、素直に受け入れることができるのだ。親子だから話せば分かりあえるはず。実の親子でそんなふうになるのは悲しい――そんな常識や道徳の範囲を他人に押し付けたりしない。

「つまり――」

月草が切り出した。

「お父様の死に水を取らずに洋行することに、良心の呵責《かしゃく》を覚えていらっしゃるの？」

「とんでもない」

断固として田村は言った。

「そんな感情は微塵もありません。しかし私は官人ですからね。他に看取る者がいない父親を置いて洋行を強行したとなれば、どう言われるか――」

そこまで言って、田村は頭を抱えこんだ。

現実問題、親の死に目に立ち会えないなどよくある話だ。南九州や北東北のような辺境との行き来はまだ数日を要する。北海道など、海峡がしけたら何日も足止めをくらう。危篤の電報を受けて急いで帰郷したものの、かろうじて初七日に間に合ったという話は珍しくもない。

この場合で問題なのは、病身の父を置いてゆくことではない。なぜなら世間というものは男に対して、仕事を言い訳にさせればたいていの不義理に甘いからだ。その尻ぬぐいは妻や子、すなわち家族がすれば面目はたつ。

しかし独身の田村には、その家族がいない。だから父親には、息子以外に死に水を取る縁者がいない。その状況で洋行を決行するのは不義理であり、官人としての立場を考えれば世間体がよくない。

「あんな外道。布団の上で死ねるだけでも、ありがたく思うべきなのに」

「田村さん」

どんどん苛烈になる批判に、さすがに純哉がたしなめた。

「そこまで言うのは……。父上ですから」

型通りの仲裁に、まずいと妃奈子が思ったときは、もう遅かった。

「だからなんだというんだ！」

田村は怒気を強めた。

「父親だって？　こっちが選んだわけでも頼んだわけでもない。あんな人間の屑のような奴《やつ》の子として生まれた、こっちのほうが被害者だ！」

まくしたてる田村を、純哉は呆然《ぼうぜん》と見つめる。彼の性格、そして田村が先輩という関係を考えてみても、おそらく純哉に説教するつもりはなかったのだろう。二人きりであれば不満を発散させるためにも文句を言わせていたかもしれない。

しかしこの場にいるのは純哉だけではない。妃奈子達も同席している。これ以上、実の父親への批判が過激になれば、田村の人柄が疑われかねない。

一般的な環境で育ち、親にわだかまりのない人間はそう思うだろう。

しかし――。

「高辻さん」

妃奈子は呼び掛けた。

「家族の関係というものは、外からでは分からないものですから」

純哉ははっとする。詳細は伝えていないが、彼は妃奈子が母親にわだかまりを持っていることを察している。そのまましばしの見つめあいののち、純哉はひとつ息をついた。

「すみません、田村さん」

純哉の謝罪に、田村は落ちつきを取り戻した。彼はぎこちなく「いや……」と語尾を濁した。あれほど高ぶっていた気勢がそがれ、かえって申し訳なさそうにさえ見える。

気まずい空気がただよう中、やおら月草が立ち上がった。そのまま部屋の隅に置いた土瓶を手に戻ってくると、空になった自分の杯に茶をそそいだ。他の四人がそんな余裕がない中、月草一人だけが余裕で茶を喫していた。だから彼女はとうに茶杯の中身を飲み干してしまっていたのだ。

二杯目の茶を一口すすったあと、月草は他の四人の顔を見渡した。

「私、考えついたのだけど……」

「はい?」

妃奈子は疑わしげな目をむける。これまでの経験上、月草の上げる策は問題解決能力は確実にあるのだが、やり方がなかなか過激すぎた。涼宮と純哉の噂《うわさ》を消すために、妃奈子との関係を仕立てあげたことなど、その典型だった。

「初音さん。あなた、田村さんの御父上《おちちうえ》の後妻に入られたらどう?」

この提案に、とうぜん部屋は静まり返った。妃奈子はひどく混乱する。もちろん月草が言った言葉は理解できる。しかし意図が分からぬうえにありえなさ過ぎて、現実の提案として受け止められない。

(えっと、どこから突っ込んだらいいのかな?)

妃奈子も含めた他の四人はしばし呆然としていた。その中で当事者の一人である田村が、いち早く我に返ってあわてて口を開く。

「いや、いったいなにを……」

「なるほど、そういうことですね」

きっぱりと言ったのは初音だった。もう一人の当事者である彼女は、田村とは対照的になにもかも合点がいった顔をしている。さすが才媛だ。

「初音さん?」

「私が田村さんのお父様の後妻に収まれば、須藤の籍から抜けることができるうえに、田村さんも後顧の憂いなく洋行できますね」

顔を輝かせる初音に、月草は目を細めている。さすが世津子さんの愛弟子《まなでし》ね、と言わんばかりである。いまだ呆然としている田村に、月草は自分の意図を説明する。

「こちらのお嬢さんは、医師になるための学問をつづけていらっしゃるの。けれど父親の反対で家に連れ戻されそうになっておられるのよ。でも人妻になってしまえば、父親は彼女の生活に干渉できなくなるでしょう。田村さんも父親の死に水を取ってくれる人が見つかったのだから、安心して留学できるでしょう」

いや、だからといって。

突っ込みたい事案が多すぎて、妃奈子もなにから言ってよいのか分からない。

「御父上の資産はすべて現金化なされているのなら、葬式の費用もそこから出して、細々としたことは弁護士に任せて、初音さんは喪主だけをなさればいいわ。そのあたりは田村さんがきちんと段取りをすませておかなければね」

「……田村さんのお父上は、まだ御存命です」

ようやく純哉が異を唱えた。田村は物も言えないでいる。驚愕《きょうがく》と動揺が激しいのだろうが、ここで父親はまだ死んでいないと怒らないのだから、先刻の罵詈雑言《ばりぞうごん》はまちがいなく本音だったのだろう。

やがて、ようやく我に返った田村が言った。

「待ってください。無関係のお嬢さんを、あんな年寄りの妻になどできませんよ。それにもって半年の相手ですよ。そうしたらあなたはその年で寡婦になるのですよ」

「私は三年後には医師になりますので、夫などいなくても大丈夫です」

そもそも田村の父は経済的に頼りになる相手ではない。それはいまにかぎらず、働き盛りの年からずっと。

「だとしても、戸籍には婚姻歴が残ります。あなたのような若い女性にとって、将来の差しさわりになりかねません」

田村は真剣に反論している。ここで渡りに船とばかりに話にのらず、初音の将来を思慮するあたりに彼の誠実な人柄を垣間見《かいまみ》ることができる。ふと妃奈子は、ひょっとして初音と田村が結婚するほうが自然なのではないかと思った。妻が不在の夫に代わって舅《しゅうと》の喪主を務めることは、ごく自然の展開である。しかし——。

「自由と未来を得ることに比べれば、戸籍になにか残ることぐらい些細《ささい》なことでございます」

きっぱりと言いきった初音に、妃奈子は自分が本当に余計な気をまわしかけていたのだと考え直した。

それからすぐに初音は入籍した。

父親である須藤子爵の反応は詳しく聞いていない。内々ではだいぶ悶着《もんちゃく》はあったようだが、婚姻無効として騒ぎ立てて裁判を起こすなど、世間体を気にする須藤子爵ができるはずもない。

それに華族ではなくとも田村家は、須藤子爵家に釣り合う程度の家柄ではある。実情を知ればあきらかにおかしな結婚であるのに、表向きは驚くようなものではないのだ。十代の貧乏華族の娘が、六十を越した何人もの妾《めかけ》を抱える資産家に嫁ぐなど実によく聞く話なのだから。なんらかの事情があるのだろうが、まあよくある話だからというのが世間の声だったということである。

いっぽう留学を控えた田村は、いよいよのときに初音がただ葬式に出席するだけで済むよう手続きに奔走していた。釈然としない思いはあったようだが、それはあくまでも初音に対しての申し訳なさのみであると純哉から聞いた。

むしろ純哉のほうが、田村と初音の、それぞれの父親に対しての仕打ちには一番納得していないような反応だった。正常に築かれた親子関係のもとで生育した人間には、おそらく分からないのだろうと、妃奈子は少しだけ寂しく思ったものだった。

局の裏にある丘は、うっそうと木々が茂っており便宜的に山と呼ばれている。春は桜、秋は紅葉。百間廊下を行き来するときに、季節折々の美しい景色を観《み》ることができる。初夏のこの季節は、新緑が美しい。実はもとは古墳であったという話だが、本当のところはよく分からない。

「古墳って、お墓ですよね。こんなふうに扱ってよろしいのですか？」

驚く妃奈子に、横で純哉は笑い声をあげる。

純哉とこうしてここにいるのは、本当に偶然だった。

仕事が終わってまだ日が明るかったので、新緑の美しさに惹かれて外に出た。以前であれば女官は局の外に出ることさえ制限されていたそうだが、近年は敷地《しきち》の範囲を散歩するぐらいの自由は許されている。

水の匂いに誘われて堀にむかって歩いていると、そこで純哉に鉢合わせた。

涼宮の侍官である彼は、彼女の政務にあわせてほぼ一日おきに宮殿に出向いている。そうでなくとも純哉が籍を置く宮内省は、実は局とあまり離れていない場所にある。だからこうして顔を合わせることは、実は珍しくもなかったのだ。

「古墳だというのは、あくまでも噂です。とはいえ古墳は全国に数えきれないほどありますから、それを避けていたら現代の人間の住む場所が無くなってしまいますよ」

「ですが古墳とは御陵なのでは？」

「いえ。それればかりではありません。詳細は分かっておりませんが、おそらく地方の豪族の墓が大半をしめていますよ。そもそも記紀神話を考えれば、古代の御陵は関東にはありませんからね」

よく分からぬ顔をする妃奈子に、補足するように純哉は付け足した。

「記紀神話では、初代天皇は現在の奈良県で即位なされたことになっているのです。そこから平安京に遷都《せんと》するまでは、都はほぼ奈良県にあったのです。短期的には大阪や滋賀に移ったこともあったようですが」

「なるほど。だから御陵は関西にしかないのですね」

妃奈子は納得した。

「記紀神話は、ギリシア神話や北欧神話とちがって、歴史として現代に繋《つな》がっていますよね」

「僕は北欧神話は、まったく知らないです」

「ユグドラシルとかヴァルキューレとか、聞いたことがありませんか？」

「ヴァルキューレはあります。詳しくは知りませんが。ああ、それですか」

そこから堀に沿って歩きながら、話をつづけた。流れをほぼ感じさせない堀の水は、まるで鏡面のようにあたりの景色を映し出している。

妃奈子は純哉の横顔を、そっとうかがう。

穏やかな人柄がにじみでた、端整なその姿にずっと憧れてきた。その思いは顔を合わせるたびに募っていた。

けれど田村の父親の件以降、それが滞っている。

思慕が萎えたわけではない。ただちょっと心に引っかかるものが生じて、それがぐんぐんと前に進もうとしていた気持ちを引きとめている。

いま自分の心にあるわだかまりの正体を、妃奈子はうまく言葉で表せない。だからまるですがるような気持ちで彼の横顔を見てしまう。純哉への変わらぬ恋しい思いと、不安の気持ちが自分の内でせめぎあっている。

「そういえば」

純哉は切り出した。屈託のない明るい声に、妃奈子はますます複雑な心持ちになる。けれどそんな感情を表に出すことはできないので、ひとまず平静をとりつくろう。

「来月から帝国博物館で、弥生時代から古墳時代にかけての発掘調査の研究成果が公開される予定になっていましたよ」

古墳の流れから話したのだろう。正直、そこまで興味のある話題ではなかったが、そう正直には言えない。もっとも純哉もなにか情熱を持ってというより、ただの世間話的に話題を振っただけのようではあったのだが。ちなみにこの国に考古学という学術分野がもたらされたのは御一新以降のことである。

「まあ、偶然ですね」

「摂政宮様が外国人の御友人を招待すると仰せでしたので、通弁役にご指名がかかるかもしれませんよ」

思いがけない言葉に妃奈子は目をぱちくりさせる。

普通に考えれば専門の通弁を使うはずだ。しかしこれまでの経歴から、純哉の意見もありえない話ではない。そうなれば妃奈子は、その件にかんして学ばざるを得なくなる。

自分が育てられているのだと、あらためて感じる。この宮殿に、そして未来に必要な人材として――。

それまで引っかかっていた疑問や屈託も忘れ、妃奈子は声を張った。

「では、少しその時代を学んでみます。実はいま『増鏡』を読んでいるのですが、そこからもだいぶん遡りますね」

「『水鏡』なら、その時代ともだいぶかぶりますよ」

純哉が言ったので、そうだったのかと妃奈子はたいそう驚いた。


ところで、これは後日の話である。

初音の入籍から二ヵ月が過ぎた秋、田村の父親は亡くなった。

田村はまだ渡英前だったので、彼が喪主として葬式を済ませた。もちろん寡婦として初音は葬儀に参列した。その後、田村はわずかに残った遺産もすべて処分したうえで、後顧の憂いもなく海を渡って行った。

第二話

べんべんと、遠くから三味線の音色が響いてくる。

どこからだろうかと妃奈子が耳を澄ましていると「ここに来るとき、二つ目の建物から聞こえてきたわ」と初音が証言した。

初音が田村姓となって二週間経つが、いまのところ大きな騒動にはなっていないとのことだ。きっと完全に縁を切られたにちがいないとむしろ誇らしげに笑っていたが、さすがにこれを鵜呑《うの》みにするわけにはいかない。是非はともかく、多少なりとも心の痛みはあるだろうと、妃奈子は初音の心境を慮る。

だから気がかりのあまり、遊びに来るように誘ってしまう。自分のほうから訪ねることができればよいのだが、見習い女官の立場としてはそう頻繁に外出もできない。初音も妃奈子の境遇は察しているようで、今日は久寿餅《くずもち》を手土産にさっそく遊びにやってきた。若草色に黄色の幾何学模様を織り出した、菜の花のような色合いの銘仙を着ている。

「二つ目なら、二の側ね」

妃奈子は言った。出入り口は三の側の少し先にある。そこから二つ目の局なら、二の側になるはずだ。

「女嬬の誰かが鳴らしているのかしら？」

「それ、おそらく鈴さんだと思います」

声に顔をむけると、襖を開いた先に膝をついた千加子がいた。彼女は一礼してから、盆を手に部屋に入ってきた。座卓の上に茶杯と久寿餅の載った皿を置く。すっかり顔見知りになった初音と微笑みを浮かべて挨拶をかわす。

「鈴は三味線を弾くの？」

「あまり達者ではないそうですが、お梅ほりで披露しなければならなくなったとかで、いま猛特訓中だそうです。近々お師匠にも来ていただくつもりだと、言っていらっしゃいました。ですからいま聞こえてくる音色も、それではないかと」

「お梅ほり？」

首を傾げる初音に、妃奈子は説明する。

「私も詳しくは知らないの。儀式ではないけど毎年の恒例行事で、判任女官達が芸事とかの余興を披露するんですって」

お梅ほりは六月中旬頃の行事なので、昨年の九月に採用となった妃奈子は経験していない。だから詳しく説明ができない。どのみち宮中のことをあまり細かく教えてはお叱りを受けるので、この程度の説明が限界であろう。

「へえ、そのためのお稽古なのね」

「日々の仕事もあるのに、鈴は頑張りやさんね。私なんか三味線も琴もろくに鳴らせないわ」

帰国子女の妃奈子が、その手の芸事にまったく長けていないのは初音もとうに承知していた。だからけして小馬鹿にしたような素振りではなく、単純に話を切り出す。

「一緒に習ったらよろしいのよ。二人で習ったら、お稽古代も半分ですむでしょ。その女孺さんも助かるんじゃない」

「いや、私のようなへたくそと一緒に習うのは大変よ」

「そのへたをのりきらなくては、誰も上手にはなれなくてよ」

初音の言葉に、千加子も含めた三人は声をあげて笑った。

そのあとで千加子が部屋を出てから、初音がふと表情をあらためた。つい妃奈子は身構える。なにごとか？　やはり須藤子爵がなにか言ってきたのだろうか？

だが初音の口から出てきた話題は、思いがけなく俗っぽいものだった。

「楡《にれ》男爵家の駆け落ち騒動の話はご存じ？」

「どうしたの？　とつぜんそんなこと」

妃奈子は怪訝な顔をした。

もちろん知っている。いま世間を騒がせている大醜聞《スキャンダル》だ。男爵家の長男が、資産家の若い人妻と逃亡したというものだった。若妻は後妻で、前妻の子と男爵家の子息は同級生だという。

例のごとく誰かがこっそりと持ち込んだ大衆紙の一面をおおいに賑《にぎ》わせていた。帝のもとには澄ました顔で消毒済みの一般紙のみをお持ちする高等女官だが、当人達はこの手の大衆紙をこよなく愛読している。もちろんそんな態度はおくびにも出さず『空気が汚れる』『目が穢《けが》れる』などと言いながらもしっかり回し読みをしている。

であれば下方（妃奈子にとっては甚だ不本意な表現ではあるのだが）の者でも、日々学問に勤《いそ》しむ初音のほうが知らぬのではと思った。

「実は私は、今日初めて知ったのよ」

あんのじょうである。

「そうだったの。私は少し前に聞いていたわ。楡男爵家のご子息が、人妻と駆け落ちをしたとか……あまり詳しくは知らないけど」

「でしょうね。ご存じだったら、さすがに今日すぐに切り出していたでしょ」

「どういうこと？」

「駆け落ち相手の人妻は、蒔田佐織さんよ」

誰？　と思ったのは一瞬で、すぐに思いだした。先日、初音が語っていた。実業家の年上の男性に嫁いだという同級生の伯爵令嬢だ。彼女自身は平民と結婚したから、すでに華族ではないが。ちなみにこれは初音も同じである。

「ええ～～!!」

驚きの声をあげた妃奈子に、なぜか初音は得意げな顔をする。その真意はよく分からない。

大衆紙に女側の名が挙がっていたのかどうかは覚えていない。どのみち東堂夫人、あるいは蒔田伯爵令嬢と掲載されていても、ぴんとこなかっただろう。なにしろこの段階になっても、妃奈子は蒔田佐織の顔が思い浮かばないのだから。

つくづくひどい学生時代だった。こんな調子で友人などできるはずもなかったのだとあらためて思う。本気で心を開いていたのなら、もっと早く初音とも知り合えたのかもしれなかったというのに。

「佐織さんって、そういう情熱的な方だったの?」

「実は私も、そう親しくしていたわけではないの。雰囲気としては大人しくておっとりした方で、さすが伯爵家のお姫様という感じだったわ。ご結婚の話が出たときも、周りが同情するほどにご本人は嫌がっていないような印象だったけど」

華族にかぎらずどの家でも、結婚相手など当人が決めるものではない。自分で相手を決めるのは、よほど情熱的な一部の者だけだ。自由恋愛など最初から望んでいない。その点では佐織の反応はとうぜんのものだったのかもしれない。それでも評判の悪い相手、極端な年齢差の相手との結婚はどうしたって同情の対象になる。

妃奈子は嘆息した。

「でも楡男爵のご子息は、まだ学生さんなのでしょう。逃げるといってても生活はどうしているのかしら」

よもや心中などと、という最悪の懸念が脳裏をかすめる。

初音はちょっと拍子抜けした顔をする。

「なんだ、まだそこまでしかご存じなかったの？」

「？」

「今朝の記事は、お二人が連れ戻されたという内容だったのよ。郊外にある楡家の別宅に潜んでいるところを、雇人《やといど》に発見されたそうよ」

「そんなところにいたら、絶対に見つかるでしょ」

「私もそう思うわ。灯台下暗し、でいけると思ったのかしら？　まあすぐに記事になったということは、記者につけられていたのかもしれないわね」

この初音の説明だけでは不明だが、尾行されていたというのはおそらく彼らを見つけた雇人のことだろう。記者が佐織達を尾行していたのなら、今日まで彼らの逃亡先が秘されているはずがない。

大衆にとって皇族や華族の動向は、芸者や役者より興味深い。しかも特権階級への反発もあって、むけられる眼差しは後者に対するそれより意地が悪い。昨年、涼宮が純哉を伴った行啓が面白おかしく書き立てられたのも、それゆえである。

だからこそ上流階級の人間は世間体を気にする。自意識過剰なわけではなく、現実に世間に面白おかしくさらされるという社会的制裁を受けるからだ。記事に義憤を抱いた者から突撃を受けたり、そこまで過激なものでなくとも嫌がらせの手紙が送りつけられるなどは日常茶飯事だ。

そのうえで皇族と華族には、もうひとつ罰則が科される。

「それで、いまお二人はどこに？」

「記事にはそこまでは書いていなかったけど、おそらくそれぞれの実家でしょう。佐織さんはさすがに婚家には戻れないでしょうし、楡男爵のご子息は宗秩寮からの処分待ちだと思うわ」

初音の口から宗秩寮という言葉がすぐに出てきたのは、さすが子爵令嬢である。

皇族や華族の諸般のいっさいをつかさどる宗秩寮は、不祥事への処分も業務の一環だった。

家長制を考えれば、息子の不始末はとうぜん父親の楡男爵が責任を問われる。強権をふるうのであれば、相応の責任が伴う。よし悪《あ》しではなく家長制度とはそういうものだ。

噂話に飽きた初音は、おいしそうに久寿餅を味わっている。

戸籍上の彼女の夫は、見舞う者もなく療養所で寝たきりの生活を送っている。憐れではあるが、しかたがない。義務を果たさず権利のみを強行して家族を傷つけた者がやがて見捨てられるのは、まったくの自業自得なのだから。

初音を見送るために、宮城の門までむかった。局の玄関で「ここでいい」と初音は断ったのだが、散歩もかねてと妃奈子が言ったのである。

局から宮城の傍門に通じる道を、二人並んで歩く。矢絣《やがすり》の掻取りの裾をからげた妃奈子と、若草色の銘仙を着た初音の組み合わせは、街で見かけたらさぞ奇妙なものであっただろう。

風薫る季節である。庭木は新緑の若葉をしげらせ、木陰には下草の射干《しゃが》が薄紫の品の良い花を咲かせていた。

「射干って、野草にしては豪華よね」

しみじみと妃奈子は言った。アヤメを小さくしたような形だが、ルリシジミの羽を思わせる清楚《せいそ》な薄紫の花弁が美しい。

「私も思うわ。園芸種だと言われてもうなずけるかも」

「あんがい外国から園芸種として持ち込まれたものが、自然に根付いちゃったとか」

そういう例は多いと聞く。初音は小首を傾げつつ答えた。

「それは考えたこともなかったわ。でもそれを言うのなら、菊も梅も外来種じゃない」

「え、そうなの?」

「菊は平安時代に入ってきたんじゃなかったかしら。だから万葉集では詠まれていなかったと思うの」

最古の和歌集・万葉集の成立年はあきらかではないが、収められた歌は奈良時代以前のものが中心である。菊が平安期に持ち込まれたのなら、確かに詠まれるはずがない。

「梅はもっと早いけどね。奈良時代までは大陸の文化を模倣していたから、公式の文書も漢文だったのよ。そんな世で海のむこうから持ち込まれた梅は、いまで言うハイカラな花だったの。だからその頃は梅の花を詠んだ歌が圧倒的に多くて、桜が頻繁に詠まれるようになったのは平安時代からだったはずよ」

さらさらとよどみなく初音は説明する。さすが学年一の才媛である。理系科目のみならず歴史や古典にも詳しい。

「知らなかった。てっきり日本の伝統的な植物だとばかり……」

「昔からずっとあると思っていたものが、あんがいにそういう歴史を持っていることは多いのよね。特に奈良時代までは遣隋使《けんずいし》や遣唐使のような使節を派遣して、外国の文化を積極的に輸入しようとしていたからね」

遣隋使や遣唐使はさすがに知っている。小野妹子《おののいもこ》とか菅原道真《すがわらのみちざね》とか、それらにかかわった人を習った記憶はある。

「じゃあ、その頃といまが似ているのかもしれないわ」

「……それもそうね。対象が中国じゃなくて欧米になっているけど」

初音が答えたときだった。

「ごめんあそばせ」と声をかけられた。見ると少し先に黒っぽい御召《おめし》を着た、四十歳くらいの婦人が立っていた。手には三味線と風呂敷包みを持っている。三味線はもちろんむき出しではなく縮緬の袋に収まっている。自分達が道を塞いでいたのだと気づいた妃奈子は慌てる。

「すみません」

「坂東《ばんどう》さん」

初音が驚いたように呼びかけた。すると女も目を円くする。

「あらまあ、初音さん」

「え、三味線の先生って、坂東さんのことだったのですか？」

二人のやりとりに、妃奈子はほんの少し前に聞いた千加子の話を思い出した。鈴が近々三味線の師匠を呼ぶ予定だと言っていた。それが以前に聞いた話であれば、今日がその日であってもおかしくない。

(この人が、そのお師匠さん)

妃奈子は溜息をつきたいような思いで、婦人を見つめた。

美しい人だった。憂いを帯びた美貌には、匂うような色香と気品がある。そのくせ年齢にふさわしくない清らかさもあり、どこか少女のように物堅い印象も受ける。

「妃奈子さん、こちらは坂東里江《さとえ》さん。お三味《しゃみ》の先生だけど、慈善活動にも献身なされていらして、保健福祉のつながりから世津子先生ともお知り合いなの」

「主たる活動者は私ではなく夫ですわ」

初音の紹介に、控えめな微笑みを浮かべつつ里江は言った。

保健福祉のつながりと言われても妃奈子はその意味がぴんとこなかったが、ここでそれを訊くのも、話を長引かせるような気がして黙っていた。

普通に考えて医学的な方向での福祉だろう。医者に罹《かか》ることができるのは、ある程度裕福な者に限られる。貧困、ないしは無知から健康を損なう者は大勢いる。里江の夫は、そういう人達に手を差し伸べる活動をしているのだろう。

初音は妃奈子のことを、宮中女官だと紹介した。里江は驚いたふうもなかった。場所が場所だし、服装でおおよそ察していたのだろう。

「ご立派なお仕事ですこと」

「恐れ入ります。見習いの身分ですので、先輩の御方達には迷惑をかけとおしです」

殊勝なことを言うと、里江はふふっと声をたてて笑った。年齢に似つかわしくない、少女のように清らかな微笑みだった。

「それでは、ごめんあそばせ」

そう言って里江は、妃奈子と初音の横をすり抜けた。

白粉《おしろい》か香なのか、ふんわりと良い薫りが鼻先を抜ける。妃奈子は彼女の後ろ姿を目で追いかけた。残り香にうっとりとしながら、あの女性なら稽古を受けてみたいと不思議なほどに強く思った。


局の入り口付近には、応接室がある。同性の気安い友人などは部屋に招き入れたりもするが、もう少しかしこまった相手、もしくは異性の場合はここに通す。局の中を見ることなく玄関から直接上がれる造りになっている。ちなみに御内儀にも応接室がある。ここは勤務中の訪問者に応じるための場所である。女官は一回の勤務時間が宿直も含めてわりと長いので、このような施設が設けられている。一般の勤め人なら、勤務時間中に私的な面会はあまりない。

月草に面会人があったのは、その日の昼下がりだった。

初音が訪ねてきた二日後、宿直明けで局に戻ってきた妃奈子は、畳廊下で気忙《きぜわ》しげにうろうろする月草の老女を見つけた。

「富貴《ふき》さん」

富貴は老女の名前である。四十を少し越したくらいの彼女は、月草が女学生の時代からお付きの女中として彼女に仕えていると聞いた。いかにも月草の侍女らしく、どっしりと構えて何事にも動じない印象の婦人だった。その彼女が、らしくもなく不安げにふるまっている。不思議に思うのはとうぜんだ。

「あ、妃奈子さん」

富貴はなんとも複雑な表情で妃奈子を見る。ひょっとして立ち入らぬほうがよいのかと思ったが、であればそう言うだろうと考え直した。

「なにかあったのですか？　ずいぶんと落ちつかないようですね」

「その……」

一瞬ためらったあと、富貴は腹をくくったように小走りに傍に来た。

「旦那さんの、前のご亭主が面会に来ているのです」

ささやき告げられた言葉に、妃奈子は眉を寄せる。

月草に離婚歴があることは以前に聞いていた。その話しぶりから良い結婚生活でなかったこともうかがえた。結果的に離婚となってしまった前の夫が、わざわざ宮中に訪ねてくる。あまり良い話とも思えない。しかも富貴のこの動揺ぶりである。

「いったい、どういったご用件で？」

「詳しくは存じ上げませんが、おそらくご子息の件かと」

「え？」

「旦那さんの息子さんです」

衝撃的な言葉に、頭が真っ白になる。

結婚していたのだから、息子がいても不思議ではない。母親が子供と離れていることも同じである。離婚した場合、親権は家長に委ねられるのが通常だからだ。田村のように父親の素行と養育能力に問題がある場合は別だが。

そう。不思議ではない。不思議ではないのだが、あんなに微塵も母親の経歴を感じさせないで過ごすことができるのかと驚いた。

「息子さんに、なにかあったのですか？」

「大ありですよ。例の駆け落ち騒動はとうにご存じでしょう」

富貴は少しばかり声を荒くした。

まさかという思いつきのあと、ふたたび妃奈子は思考を失う。その前で富貴がぶつぶつと愚痴を言っている。

「これだから苦労知らずの若様は。親に食べさせてもらっている立場で、友人の継母《ままはは》と恋仲になるなんてなにを考えているのでしょう」

なにも考えていないから、そういう愚行に走るのだ。不倫に筋道などあるわけもないが、女一人をさらうのならせめて職を得てからにしろ――冷静な状態であり、かつまったくの世間話であればそう非難できた。しかし駆け落ちの男側がよもや月草の息子であるというのなら、世間話にもできないし冷静でもいられない。

混乱する頭を整理し、ようやく妃奈子は結論付けた。

「つまり息子さんのことで、元ご主人が相談にきたのね」

「おそらくそうかと……まったく、なにをいまさら」

腹立たしげな富貴の口調に妃奈子は大いに戸惑う。いくら親権がむこうとはいえ、母親であることに変わりないのだから、相談ぐらい普通ではないか。とはいえ離婚に至った経緯が分からないから、こちらの価値観を押し付けるだけの反論もできない。

「それで富貴さんは、月草の内侍さんを心配して」

「うちの旦那さんは、大丈夫ですよ」

あっさりと富貴が言ったので、妃奈子は拍子抜けする。息子が人妻と駆け落ち騒動を起こしたというのは、なかなかの事態だと思うのだが。

「私が心配しているのは、あちらの方々です」

富貴は廊下の突き当たりを指差した。ちょうど掻取りを引きずった女官が角を曲がっていったところだった。柱に隠れて誰かは確認できなかったが、あのむこうは局口でその先に応接室がある。

よもや？　の思いから妃奈子は速足で廊下を抜けた。角を曲がって局口前に出ると、予想通りの光景が展開していた。玄関口にあたる板敷きの部分に、複数の高等女官がたむろしていた。つと目をやると、きれいに掃き清められた三和土《たたき》に男物の革靴が一足揃えられていた。

女官達の視線は先の襖に向けられている。この奥の座敷が応接室だ。さすがに襖に耳をつけるような露骨な真似はしていなかったが、誰もが興味津々に様子をうかがっている。大衆紙を回し読みする人達なのだから、とうぜんの反応だ。

妃奈子は肩を落とし、一番手前にいた山吹内侍に声をかけた。

「みなさま、なにをなされているのですか？」

「あら、妃奈子さん」

悪びれたふうもなく山吹は応じた。

「そやかて気になるやろ。いまさら恥ずかしげもなく、なにしに来はったのかと」

恥ずかしげもなく、という言葉から鑑みるに、夫の有責で別れたものだろうか。そのあたりの事情は、付き合いの長い山吹は知っているのかもしれない。

「富貴さんは、うちの旦那さんは大丈夫だと言っていましたよ」

「まあ、月草さんならね」

妙に納得顔で山吹が同意したときだ。

「頼むよ、母親じゃないか」

それまで聞こえていなかった声がとつぜん響いたのは、声自体が大きくなったのもあるが、なにより襖ががらりと開いたからだった。

その先に黄八丈の掻取りを引っかけた月草がいた。彼女は襖に手をかけたまま、半身を部屋に向けていた。

「離籍したいま、私は彼の母親ではありません。あなたとあなたのお母様が、私にそうおっしゃったのではありませんか」

内容もだが、いつにもまして月草の物言いは冷たかった。

「たとえ私が母親であったとしても、そんな私的な不始末への便宜のために、摂政宮様を煩わせるなどできるわけがありません」

きっぱりと言いきった月草は正面にむきなおり、そこにいる妃奈子と他の女官達にきょとんとする。妃奈子はあわてて弁明する。

「ちがいます。富貴さんが心配をしていたから」

「富貴は大丈夫や言うたと、言うてはったやない」

「だから、それは！」

山吹の揚げ足に妃奈子が反論しかけたとき、座敷の奥にいた三つ揃いを着けた男が立ち上がった。

——この人が月草さんの前夫。

四十歳過ぎだろう。端整な顔立ちだが人を小馬鹿にしたような表情で、あまり押し出しはよくない。

「あれは言葉のあやだ。いまの妻の立場を慮って、しかたがなく——」

「慮る？」

ぞっとするほど冷ややかに月草は言った。

「あなたが、他人を？」

情など微塵もない、相手を凍りつかせるような声音だった。自分が言われたわけでもないのに、妃奈子ははっきりと怯んだ。

しかし当の楡男爵は、まったく動じていないようだった。強がっているのか、他人の気持ちに鈍いだけなのかは分からない。彼は多少いらついた気配を見せつつも、諭すように訴えかける。

「そうだ。あの子を産んだのが君だということは、私も母も承知している。あの子もきっと君の思いは分かっているはずだ」

「私の思いとはなんです？」

楡男爵は眉を寄せ、なにをいまさらと言わんばかりの口調で言う。

「腹を痛めて産んだ子だ。愛《いと》しく思っていただろう」

「なるほど。だから腹を痛めていない父親は、子供のことを愛しく思っていなくてもしかたがないと」

瞬時には皮肉かどうかも分からぬほど感情のない物言いに、楡男爵は虚をつかれたようになり、やがてすぐに顔を赤くした。

「そんなわけはなかろう。愛しく思っているから、こうして君にとりなしを頼みに来たのではないか」

「父親が子をそう思えるのであれば、腹を痛めたか否かは、親子の情には関係ないのでしょう。ならば産褥《さんじょく》の床で離れた私などより、いままで彼を育ててきたあなたのお母様と奥様にお任せすることが筋というものです」

言葉尻をとらえた屁理屈《へりくつ》にも聞こえる月草のこの発言に、妃奈子はぎょっとした。

産褥の床で赤子と離れたというのは、なかなか衝撃だ。しかし御所で暮らしていれば、たまに聞く話である。実際白藤が今上を産んだときはそうであったと聞いた。初乳を含ませると、それを待ちかねていたように連れていかれたという。

それよりも月草の言い分に驚かされた。言葉だけ聞けば、自分が産んだ子供に情を持っていないという宣言に受け取れる。

母親がわが子を愛さぬはずがない。自ら産み落としたわが子は誰よりも可愛《かわい》い。世間ではまるで呪文のように唱えられ、経典のように信仰されている。実際、世の多くの母はそうなのだろう。

しかしそれがすべてではないことを、妃奈子は身に染みて知っている。知ったうえで、月草の潔さに気圧される。

妃奈子の母、朝子《ともこ》は、娘を憎みながらもそれをなかなか認めなかった。自分は良き母親で、妃奈子への心無い仕打ちはすべて娘を思ってのことと取り繕っていたし、あんがい本人も本当にそう思っていたのかもしれない。

けれど月草は、微塵も取り繕おうとしていない。子のことを〝彼〟と称して、はっきりと突き放している。自分が冷たい母親だと認めているし、他人から非難されることも恐れていない。

絶句する楡男爵に一瞥もくれず、月草は座敷を出た。そのくせ板戸にたむろする女官達にはしっかりと冷ややかな眼差しをくれて畳廊下のほうに曲がっていった。

みながぽかんとする中、はっと我に返った楡男爵が月草を追いかけようとする。その前に素早く立ちふさがったのは、山吹内侍だった。

「ここから先は、殿方はご容赦くださりませ」

「し、しかし……」

「この先は御上に仕える女達が住まう、男子禁制の場所でござりますぞ。そこに男爵様ともあろう御方が立ち入ろうなどと、あまりにも不躾なふるまいでございましょう。それにかようなことが宗秩寮の知るところになれば、目下懸案中の処分にも影響を及ぼすのではございませぬか？」

山吹の指摘に、楡男爵は唇をかみしめた。

息子のことがなくても、女官の局に立ち入るなど言語道断の蛮行である。さすがにそこまでのぼせてはいなかったようで、彼は渋々ながら帰っていった。

玄関戸が閉じたのを見て、命婦の一人が憎々しげに毒づく。

「ほんま厚かましいお人や。妻でもない相手に、いまさらなにを頼もうと思うてはったのやら」

「下方の者は礼儀を知らんから困りますなあ」

「ああ、男はんは未練がましくて鬱陶しい」

辛辣な言葉を吐く女官達に、妃奈子は遠慮がちに口を挟む。

「楡男爵は御自身のことではなく、息子さんのことでご相談に上がられたのでは？」

であれば産みの母の月草に協力を依頼するのは、下方としては普通の感覚だ。

月草の発言から察するに、楡男爵は今回の息子の不始末にかんしてなんとか処分を軽くしてもらおうとして、涼宮に働きかけてくれるように依頼しに来たのだろう。摂政宮にそんな私的な懇願をする是非は別として、藁《わら》にもすがりたい楡男爵の気持ちは理解できる。なにしろ騒ぎを引き起こしたのは月草の息子でもあるのだから――。

「そやかて息子はんは、楡家の御子やないの。家を出た月草さんに助けを求めはるのは筋違いというものや」

「家長が家族の不始末をうけおうのは、あたりまえのことや」

「御家の不始末は、家族でつけるもんですやろ。それに楡男爵は後添えをもろうてはると聞いている。その方に任せたらよろしおすやろ」

女官達の批判に妃奈子は言葉を無くす。

価値観があまりにもちがうのだと、まざまざと思い知らされた。

世代とか育ってきた環境など、それぞれにあろう。

彼女達にとって母とは子の生母ではなく、家に属する主婦のことなのだ。

宗教的観念から側室や庶子の存在を認めぬ西洋諸国とはちがい、かつてのこの国での側室は、家を継ぐ男子を得るための公認の存在だった。たとえ正妻でなくとも子を産めば、彼女は母親として世間に尊重されてきた。

しかし近年は先進国家としての体裁を保つために、彼女達に母と名乗ることを許さなくなった。いっぽうで家のために跡継ぎはどうしても必要だから、側室は子を産むことだけを求められるようになる。役目を果たした者は褒賞として十分な待遇は得られるが、けして母親としては扱われない。子はあくまでも家のもの。家に属さぬ女は、腹を貸すだけの存在なのだ。

皇族や華族という、それがあたりまえの環境で育ってきた女官達には、腹は借り物だという観念が染みついている。生物学的に母親であっても、社会的には母親ではないなど珍しくもない。だから月草の、わが子への素っ気ない態度も違和感なく受け入れられているのだろう。

あいにく妃奈子は、そんな環境で育っていない。

だから月草の態度に、違和感と受け入れにくさはある。

しかし腹は借り物だと機械的な役割を求めながら、そのいっぽうで母性という人間的な役割も押し付けようとする二重規範の世間より、月草の態度はよほど潔いのではと思ったりもする。

大人が若者に対し、義務も果たしていないくせに権利ばかり主張するなと叱責するのを聞く。であれば腹を貸した側だって、権利を与えてもらっていないのに義務など果たせるはずがないのだった。

蒔田伯爵の娘への絶縁宣言が新聞に掲載されたのは、その直後であった。とはいえ少し前に世間を賑わせた女流歌人の夫への公開絶縁状のようなものではなく、記者にしつこくからまれた伯爵が怒って「娘は勘当した」と怒鳴ったのを受け、言葉尻をとらえて記事にしたのである。

この記事を掲載した新聞が、なんと翌日にはもう女官達の食堂に持ち込まれた。

佐織が妃奈子の同級生だと聞いていた鈴は、野次馬根性を出しながらも、やはり半分は親切心で新聞を持ってきた。

「お家《うち》から勘当されてしまったら、どこにお住まいになるのでしょう」

人の好《よ》い鈴は心から心配しているし、まして同級生なのだから妃奈子が心配していると信じて疑っていない。純粋なその顔を見ると、心が痛む。同級生といっても顔も思いだせない相手だ。気にはなるが、対岸の火事と言えばそこまでのことだった。

しかしそんなことを口にすれば、たちまち冷たい人間だと評価されてしまう。それでどうなるというわけでもないのに、なぜそれが怖いのか。良い人だと思われたい見栄が、生きるうえではけっこうな枷《かせ》になっている。

だからこそ月草の、あの言動やふるまいには恐れ入った。

母親なのに。母性はないのか。そんな非難をいっさい恐れず、堂々と己の思うところを言い切った姿には脅威さえ覚えた。ちなみにあのあと部屋に戻っても月草はなにも言わなかったので、妃奈子もなにも訊くことはできなかった。

妃奈子は新聞を斜め読みする。『憐れ、涙の東堂夫人』『恋しい人と引き裂かれ、いまや天涯孤独の身』などと三文小説のような文章が目に飛び込んでくる。まったくの知らない相手なら気楽に読めただろうが、相手は親しくなかったとはいえ同級生である。しかもいくつも年長の富豪に嫁がされた彼女の姿は、ひょっとしたら自分の未来だったのかもしれない。そう思うと完全に突き放す気持ちにはなれなかった。

「勘当と言っても、さすがに路頭に放り出すような真似はしないと思うわ。そんなことが知られたら、それこそ記者達の格好の餌食だからね。遠方にやるとか、ひと目のない場所に住まわせるとかして匿《かくま》っているんじゃないかしら」

「それならよかったです。座敷牢《ざしきろう》とかだったら、ぞっとしますよ」

「乱心しているというのならともかく、これだけ世間に知られているのに、いまさらそれはないでしょう」

家の恥を秘すというのなら、すでにいまさらである。まして若い女を座敷牢に閉じ込めたなどとなれば、かえって非難の的になるだろう。一昔前の話だが、気の病により暴力的になった元藩主に耐え兼ね、やむにやまれず閉じ込めた家族が、忠義に酔った元臣下から訴えられるという事件があった。家族は宮内省に事情を話したうえで拘束の許可を得たにもかかわらずである。近代となり特に世間の目が厳しい華族にとって、座敷牢への監禁など、言うほど簡単なものではないのである。

佐織も居心地は悪いだろうが、蒔田伯爵はなんといっても実の親だ。見捨てられたとしても最低限の衣食住は見てもらえるだろう。そう自分に言い聞かせてから、妃奈子は話題を変えた。

「そういえば、あなたの三味線の師匠にお会いしたわ」

「坂東先生ですか？」

「そう。私のお友達と知り合いのようで、彼女は里江さんとお呼びしていたわ」

鈴は里江の慈善活動の件を知っていた。聞けば里江の夫は救世軍士官学校の教員で、夫婦でさまざまな慈善活動に力を入れているのだという。

となると妻の里江はキリスト教徒なのであろう。救世軍はプロテスタントの一派で、軍隊式組織により伝道や社会事業を行う団体だ。キリスト教に限らずだが、たいていの宗教は夫婦が共に信者であることを求める。そうでなければ宗教上においての結婚は許可されない。戸籍上の入籍はそれとは別問題だが、そのあたりの個々の事情はあまり考えたことがなかった。

「妃奈子さんのお友達って、あの女子医専の学生さんですか」

「そうよ。ただ坂東先生にかんしては、初音さんが直接というより世津子先生を介してのお知り合いのようよ。女子医専は廃娼《はいしょう》運動や婦人への啓蒙《けいもう》、保護活動にもかかわっているから。坂東さんはとても精力的に活動しておられるのですって」

妃奈子の説明に、鈴は頬を上気させた。

「確かに坂東先生って、そんな印象があります。ただのお三味の先生にしては、きれいすぎるし、私は耶蘇《やそ》のことはよく分からないけど、聖母のような雰囲気がありませんか？」

よく分からないと言いながら、うまく称したものだと思った。年齢もそれなりに経た人妻らしい艶っぽさを有しながらも、あの物堅い印象はどこに起因しているのだろうかと不思議に感じたが、それは乙女のまま神の子を産んだと伝えられる聖母に、もしかしたら近いのかもしれないと妃奈子は思った。


未成年である帝の政務を代行するため、摂政宮・涼宮は一日置きに宮殿に参内する。その折、時々御内儀にも顔を出すのだが、これがなにかの事情で無沙汰になると、月草の機嫌がたちどころに悪くなる。そうして涼宮が次に来たときには少しばかり恨み言を言うのだった。

楡男爵の件があった直後の訪問時、涼宮は貴賓用の応接室の人払いをさせ、呼び出した月草とものすごく長いこと話し込んでいた。

その間、純哉は供待ち部屋で待機していた。お茶を持って行った妃奈子の姿に純哉は目を瞬《しばた》かせた。

「今日は袿袴をお召しなのですね」

指摘されたことに、照れくささと同時に喜びを覚える。髪型を変えたことに気づいてもらったときに生じる感情と同じだろう。

「たまには着ておかないと、いざというとき戸惑いますから」

自身が洋服を許されるようになってから、月草がときどき袿袴を着ている理由がようやく分かった。長く着ないでいると動きに不慣れになってしまうし、着付けをする針女達も手順を忘れてしまう。

髪型は久しぶりの垂髻である。比較的簡便な髪型ではあるが、これもたまに結ってもらわないと針女達が困惑する。

床の間を背に、純哉は妃奈子の姿をしげしげと眺める。供待ち部屋と言っても、通常の家の座敷のような立派な設えである。

「涼しげな、良い色ですね」

「淡木賊《うすとくさ》という色です」

あまり耳慣れない色名に純哉は怪訝な顔をする。その表情が可愛らしくて、くすくすと妃奈子は笑った。

「昔からある伝統色だそうです。木賊色とは藍で下染めをして、刈安《かりやす》を上染めしたものなのですが、淡木賊はその淡色だというので、おそらく染料の分量がちがうのではと思います。実は私も受け売りなので、あまりはっきりは……」

「ああ、そうですよね。古典の色には合成染料は使われていませんよね」

開国以降、外国の安価な合成染料が多く入ってくるようになった。濃い色はそのぶん染料を多く使うので、以前は庶民にはなかなか手が出せないものだったらしいが、いまの時代はそんなこともない。

「この色をかさねた色目を、昔は若苗《わかなえ》のかさねとしていたようです」

これも受け売りである。教えてくれたのは呉だ。実は彼女の伝統や古典への造詣は、女官達の中でも群を抜いている。いっぽうで外国のものにかんする知識は皆無といってもよかった。彼女自身が興味を持たぬようだし、還暦過ぎという年齢を考えればそれでもいいのではとは思っている。

「若苗ですか。妃奈子さんにぴったりですね」

色合いが似合うという意味だと受け止めたあと、ん？　と首を傾げる。この袿の色は淡木賊であり、かさねの若苗ではない。ぴったりという表現は微妙に語彙とずれる。そこまで考えないで口にしたのかと思ったが、純哉は意味深に笑う。

「？」

「考古学的には、稲は弥生時代に渡来した植物なのです。とはいっても記紀には食物の女神の目から生まれたものと書いてありますから、年配の方に言うと怒られますよ」

悪戯《いたずら》めいた純哉の物言いに、真っ先に呉の顔が思い浮かぶ。近頃は親しくしてもらえているから、余計なことは絶対に口にすまいと自らに言い聞かせた。

「稲が入ってきたことで、この国は食料事情のみならず、文化の面でも大きな発展を遂げたのです。水田を耕作するためには治水工事の知識は不可欠ですし、鋤《すき》や鍬《くわ》などの工具も発展していきましたから」

「考古学に詳しいのですね」

妃奈子は感嘆しつつ言った。初音もそうだが、秀才という人達は自分の専門分野だけではなく、いろいろな方向に博識であるようだ。

しかし純哉は首を横に振った。

「私も受け売りです。実は先日、帝国博物館に下見に行ったものですから」

「あ、確か弥生時代から古墳時代にかけてとか」

純哉はうなずいた。その特別展に、涼宮が外国の友人を招待するつもりなのだと聞いていた。純哉の立場では下見が必要だろう。

「それで妃奈子さんには、若苗という名称がぴったりだと思ったのです」

純哉の言葉に、妃奈子は目を瞬かせる。

この場合の若苗は色のかさねではなく、稲の苗。いわゆる早苗だ。

途方もない古い時代に渡来した稲という植物は、豊かな食生活とそれに伴う文化を発展させ、いまやこの国になくてはならない存在となった。

そんな植物の名称が、妃奈子にふさわしいという。

「若苗……」

その名をつぶやき、ぶるっと身体が震えた。

妃奈子の中で、己の目指す姿が象徴的かつ具現化した瞬間だった。

胸が高鳴る。若苗のような存在になりたい。そう、強く思った。

「光栄です」

短い言葉で答えた妃奈子は、しばし純哉の言葉をかみしめていた。

やがて高ぶりが落ちついてから、あらためて茶杯を見下ろす。

「お茶、冷めてしまいましたね。淹《い》れなおしてまいります」

「いえ、おかまいなく」

さっと茶杯を持ちあげると、純哉は茶を一口すすった。

「冷めてなどおりません」

きっぱりと述べた表情がおかしくて、妃奈子はくすくすと声をたてて笑った。純哉は虚をつかれたようにぽかんとしたが、やがて照れたように頭をかいた。

柔らかい表情と所作に、胸が温かくなる。

まったく、純哉ほど初対面から印象の変わらぬ人がいるものだろうか。

はじめて彼に会ったとき、その清潔な美貌と誠実な態度に心惹かれた。いまの彼はあのときよりも落ちつきが増しているが、かもしだす清涼な空気に変わりはない。

あのときから妃奈子は、純哉への思慕と憧憬を抱きつづけている。

姿を目にすればしばし見惚《みほ》れ、話をすればその誠実さと知性にときめく。外見も中身も含めて、彼の存在そのものに胸が高鳴る。いまこうして彼と向き合っていて、若苗という言葉を告げられた感動もかさなり、とろけそうな気持ちになっている。

けれど、だからこそ——。

少し前から自分の心に芽生えた、わだかまりの処理ができずに妃奈子は困惑している。

残った茶をすすり終えてから、純哉は入り口の杉戸を見た。涼宮からの話が終わったという連絡はまだない。けっこうな待ち時間になっている。

「ひと騒動あったようですね」

純哉の言葉に、妃奈子はうなずく。月草と話しているのだから、ひと騒動の意味するところは明確だった。

「ええ、色々と驚きました」

「摂政宮様が、ずいぶんと気をもんでおられました」

妃奈子はしばしの沈思のあと、思い切って尋ねる。

「宗秩寮の処分はどのようなものになるでしょう?」

「それは私からはなんとも……」

語尾を濁したあと、純哉は付け足すように「息子さんのことですから、庭田内侍さんはご心配でしょうが」と言った。

複雑な気持ちになる。月草は息子のことをそんなに気にかけていない、とはさすがに言えない。言えないし妃奈子自身、はたしてあれが月草の本音なのかと信じがたい部分も少しあるのだ。

「ずっと離れてお過ごしだったので、親子とはいえうまく伝えられないところもあるものかと存じます」

「そうですね。田村さんのような場合もありますから」

そこで純哉は嘆息した。

「実の親子でも、色々と難しいものですね」

純哉の声音には、多少なりとも困惑がにじんでいるように聞こえた。

彼は田村と初音の件にかんしてけして賛同はしていないはずだが、さりとて道理や常識を盾に反対するような真似はしなかった。

そこに彼の精神の健全さを感じた。

あの料亭にいた五人の中で、純哉ただ一人が親子の健全な関係を築けている。そう考えるとちくりと胸が痛み、妃奈子は少し声を上擦らせた。

「高辻さんのご両親はどちらに？」

「故郷で二人とも元気にしております。母は近々のうちに私の様子を見に上京する算段でいるのですが、年寄りの冷や水は良くないと父にからかわれたのだと、憤慨して手紙を寄越してきました」

話を聞いただけで、絵にかいたような円満な家庭環境が思い浮かぶ。だからこそ培われた、この健全な精神なのだろう。ふたたび胸が痛む。妃奈子が心惹かれた彼の資質はそこであるはずなのに、なぜなのか素直に微笑ましいと思えない。

初見から抱いていた、純哉への好意はいまも変わらない。変わらないはずなのに、少し前からわだかまりを覚えている。

――なぜなのか？

妃奈子は自分のここまでの心の動きを顧みる。

母親と対立したことで生じた軋轢《あつれき》に、いつまでもとらわれている。もはやわずかな残滓《ざんし》でしかない。一度は完全に捨て去ったと思っていたのに、なぜ心が痛むのか。それはやはり実の母親という血縁への未練が少なからずあるからなのだろう。

初音も田村も、そして月草も、口では強いことを言っても思うところはあるだろう。それが怒りか罪悪感か、あるいは未練なのかは分からない。妃奈子も自分自身の心に残るわだかまりの正体がなんであるのかうまく言えずに、ずっともやもやしてきた。

しかし。

——ああ、そうか。

両親のことを誇らしげに語る純哉の姿に合点がいった。

なぜ純哉に完全に傾倒できないのか。それは単なる嫉妬と劣等感である。

純哉を育んだ健全な環境を、自分は得られなかった。

——みっともない。

己の心の醜悪さを突きつけられ、妃奈子は自嘲的な気持ちになる。だから表情と口調をとりつくろって言う。

「年寄りだなんて、高辻さんのご両親ならそんなご年配の方でもないでしょう」

「父が五十三で、母が五十四です」

微妙な年齢だった。純哉が二十五歳だから、世間一般からすれば少々遅い子供だ。これが末っ子とかであれば普通の年齢だが、以前なにげない会話から、純哉は自分は初子で他に兄弟はいないと言っていた。

とはいえ、そんなことはとやかく訊けない。長く子ができずに、ようやくできた待望の子供ということだって大いにある。

「お母さまのほうが、ひとつ上なのですね」

「金《かね》の草鞋《わらじ》で探した妻だと、常々父が言っていますよ」

からっと純哉は笑った。いつも心ときめくその笑顔に、小さな棘《とげ》が刺さったような不快な感覚がやはり残っていた。


翌々日。初音が世津子とともに局を訪ねてきた。

初音は妃奈子に、世津子は月草に話があるということだった。けれど伝える内容は同じなので、四人で座敷に入った。淡い色のワンピースをまとった世津子と紺絣に臙脂の細帯を結んだ初音が並ぶと、年齢差もあって奥様と小間使いのように目に映る。局とはいえ御所に来るのだから、いつもはもう少し余所《よそ》行《い》きの装いをしてくるのに、今日はいったいどうしたことだ。

「授業が終わってから、急いで教授に同行させてもらったの」

着替える暇もなかった理由を、初音はそう述べた。それだけ急ぎの用件ということか。

怪訝な顔をする妃奈子と無表情を貫く月草を前に、世津子は東堂、いまは旧姓に戻った蒔田佐織が妊娠していることを告げた。

呆然とする妃奈子とは対照的に、月草は淡々と口を開く。

「父親は旭《あきら》なの？」

「そうでなければ、あなたに伝えにこないでしょ」

つっけんどんな月草の物言いも、慣れたことのように世津子は受け答えた。

なるほど。楡男爵の長男で、月草が産んだ男子は旭という名前なのか。

世津子の答えに、月草は無言のままだ。妃奈子は初音に問うた。

「なぜ、それを初音さん達がご存じなの？」

「坂東さんから相談を受けたのよ」

ますます、なぜ？　である。三味線の師匠で、救世軍士官学校教諭夫人である里江が、今回の件にどう関与しているのだ。

「蒔田家から、堕胎の依頼が持ちこまれたの」

絶句する妃奈子を前に、初音は切々と経緯を語る。

堕胎は現行法では犯罪となる。手がける者はいわゆる日陰の職種、あるいは産婆などが隠密《おんみつ》に施術する。母体の健康によほどの影響が生じるのでやむなくという場合でもなければ医師はかかわらない。

佐織の堕胎依頼が持ちこまれた先は、花街の近くに住む産婆だという。生業は産婆としているが、住んでいる場所から堕胎が本業であったことはいうまでもなかった。

「その道では腕が良いことで有名な人みたい。けっこう無茶な時期になってもうまく処理していたらしいの」

血の気が引いた。堕胎にかんしての知識など皆無に等しい妃奈子でも、それがどれほど恐ろしい話なのか想像ができる。しかしその道で有名とは、堕胎が犯罪である現状では不思議な言葉である。堕胎罪にかんしては、妊娠させた男が罪に問われない矛盾はかねてより指摘されていたが、施術した者の罪はいかほどのものになるのだろうか？

「すべてがうまくいっていたわけがないでしょう」

急に感情を露《あら》わにして世津子が言った。

「堕胎なんて早い時期でも危ないのに、適応が過ぎてからの施術なんて、亡くなった妊婦も少なからずいたはずよ」

しかし堕胎はそれ自体が違法だから、施術を受ける側は訴えることもできず、失敗しても泣き寝入りするしかない。闇から闇に葬り去られた案件があったことは、なんとなく想像できる。

世津子の指摘に、初音は青ざめた顔で唇をかみしめている。自身の安易な発言を悔いているのだろう。珍しく感情的になった世津子も、医師を目指す初音も、この件にかんしては妃奈子とはまたちがった思いがあるにちがいない。

「それで、なぜその産婆への依頼が世津子さんの耳に入ったの？」

極めて冷静に月草は問うた。堕胎の対象になっている胎児は月草の孫になるのだが、いまのところ執着らしきものはうかがえない。生身の女の臭いがはてしなく薄い月草が、誰かの母や祖母というのも妃奈子の中ではうまく結びつかない。

「実はその産婆、もう堕胎はうけおっていないのよ。どういう縁か分からないけど、耶蘇に改宗して、これまでの行為を悔い改めたのですって」

月草は露骨に意味の分からぬ顔をした。妃奈子もよく分からない。

キリスト教圏でも、多くの国で堕胎は違法である。

しかしこれも万国共通というのか、やはり暗黙の了解として処理されてきた。この場合は施術者も被施術者も九割九分、あるいは九厘の確率でキリスト教徒である。ゆえに耶蘇になったから堕胎をやめるという理由が分からない。欧州で育った妃奈子でさえ疑問に思うのだから、月草などなおさらだろう。

かまわず世津子は話をつづける。

「それを蒔田家の家令に強引に迫られて、困った当人が以前から世話になっていた坂東夫人に相談したらしいの。それで彼女から私に相談があったのよ。病院であれば、ひょっとして安全に堕《お》ろす手段があるのではないかと……そんなの無理に決まっている。もう半年近くにもなるというのに」

つまり里江は、今回の堕胎そのものはやむなしと考えている。そのうえで無謀な手段で母体を危険にさらすより、医学の力で安全に行えないのかを問うてきたのだ。

現実的な判断だ。いびつで一方的な倫理観で「母性の欠落」「人殺し」などと女ばかりを非難するような連中よりよほど共感できる。

そもそも母性の欠落とは、それほど非難されることなのか？

世間では、母性とは女であれば本能として備わっているものと認識されている。しかしまことにそれが本能であれば、たまに聞く〝母性の欠落〟というのは、本人にもどうにもならぬ病のようなものではないのだろうか。本能であるのなら、立場と経験で培われてゆく親としての自覚や責任感とは、まったく別の存在になる気がした。

ふと朝子の顔が思い浮かんだが、妃奈子は容赦なく追い払った。

考えるところはあったが、いま母のことを慮る心の余裕は妃奈子にはない。自分の心の平静を保つことを優先すれば、どうしたってそうなってしまう。

世津子は話をつづけている。

「母体の安全を考えるのなら、産ませたほうがよいと説明したわ。世間体を気にするのなら、内密に産ませて里子に出すという手もある。とにかくこの時期になっての堕胎なんて殺人行為にも等しいと説明したら、坂東さんは里子の方向で蒔田家を説得すると言っていたの。あの人は、そういう事情を抱えた妊婦の世話をする活動もしているから」

では佐織は産むということか。月草の孫を——。

「私にどうしろとおっしゃるの？」

月草が言った。喧嘩《けんか》を売っているとしか思えない物言いだったが、世津子は不快な様子を見せなかった。

「なにもしたくないのなら、それでかまわないのよ。あれだけ難儀してようやく離れられた婚家に、いまさらかかわる必要もないわ」

あれだけ難儀して、というのは離婚の経緯だろう。いまの世では、女側からの離婚は認められにくい。仮に認められたとしても、経済力を持たぬ女が離婚を求めること自体が少ないのだが。

産褥の床で赤子を連れていかれた——月草が婚家でどういう扱いを受けていたか、それだけで想像がつく。

世津子はさらにつづける。

「そもそもこの不始末の法的な責任は、蒔田家と楡家にのみあるわけだから、あなたには関係ないわ」

「……でも、道義的にはあるのよね」

「それは周りが判断することではなく、あなたの気持ち次第だわ。私は友人として、事実を伝えていたほうがよいと判断しただけ」

それきり月草と世津子は、無言で見つめあった。はらはらして経過を見守っていた妃奈子の袖を、初音がくいっと引いた。そのまま部屋の隅に誘導される。

「佐織さんのところに、お見舞いに行かない?」

予想外の申し出に妃奈子は目を円くする。

「坂東さんから聞いたのだけど、彼女、別宅の隠れ家に住んでいるらしいのよ。女中が世話をしていて、お母様がときどき様子を見に行っているらしいわ。離縁で東堂家からは籍を抜かれたけど、蒔田家にも復籍させていないのですって。宗秩寮の処分を恐れて、突き放した体裁を取っているみたい」

だからといって蒔田家にまったく処分が下されぬということはなかろうが、家長として厳しい態度を取ったという姿勢を世間に見せる必要はあるのだろう。

佐織が自身で蒔《ま》いた種とはいえ、妊娠している身でその待遇は不安であろう。

しかし、だからといって――。

「なぜ？　いろいろと誤解されるだけじゃない」

「確かにいまはそうだけど、私自身の今後を考えたら、見過ごすべきではないのではと思ったのよ」

そこで初音はいったん言葉を切り「まあ、自分のためよね」と苦笑した。

初音は世津子の後継者だ。彼女自身は自活のために医師を目指したに過ぎないが、その能力を認められたことで世津子の後継者にと目された。その活動は後進の育成、保健福祉への献身等も含まれている。世津子から手厚い保護を受けている初音は、師の意向を理解して果たす義務がある。

普通に考えれば、佐織とはそんな仲ではない。話を聞く限り、初音も似たような関係だろう。だからといって不安を感じながら見ないふりをして、もしも座敷牢に閉じ込められていたら取り返しのつかない事態になるかもしれない。

あれこれ思い悩む妃奈子に、初音がさらに言葉を投げかける。

「私も、家令に連れ戻されそうになったとき、妃奈子さんが来てくださったことが、とても心強かったから」

胸がひとつ高鳴った。友人という存在は心を潤してくれるものなのだと、久しぶりに思いだした。

「——佐織さんが迷惑でなければ」

妃奈子がそう答えたとき、襖のむこうで富貴の声がした。月草がすぐに反応できる雰囲気ではなかったので、妃奈子は初音に目配せして腰を浮かす。そっと襖を開くと、富貴がしかめ面を浮かべていた。

「どうしたの？」

「楡家の方々が来ました」

背後の空気がひりつくのをはっきりと感じた。

「しかも今回は、親子揃ってです」

床の間を背に、楡親子が並んでいる。

座卓を挟んでむきあうのは、月草と世津子である。この場に世津子が同席する理由が妃奈子には分からなかったが、思った以上にあっさりと楡男爵は受け入れた。もっともそうしなければ会わないと月草が言ったのだから、しかたがなかったのだろうが。

座敷の様子は、縁側からのぞくことができた。前回、楡男爵が来たときは女官達が玄関側から中をうかがっていた。あのときは物見高いと呆れていたが、いまの自分達に比べたらまだ遠慮があったのではと思う。なにしろ妃奈子と初音は、目下縁側に回りこんで室内の様子をうかがっている最中なのだ。しかも障子をわずかに開いて、中での会話が聞き取れるようにしている。

ここで待機するのは月草も世津子も了解のうえだから別に問題ない。とはいえ楡父子に気づかれるといろいろ面倒事にはなりそうなので、障子に影が映らぬよう壁際に身を隠してはいる。

「あれが佐織さんの相手ね」

初音が視線を向けた先には、シャツにズボンという軽装姿の青年が座っていた。背を丸め、伸びた前髪が俯いた顔にかかっているので表情はうかがえない。

「旭、お母さんに挨拶をなさい」

もったいぶった口調で楡男爵が言う。しかし旭はすぐに反応をしなかった。肩を小突くように父親に促され、ようやく彼は口を開く。

「……はじめまして」

「はじめまして」

鸚鵡返《おうむがえ》しに月草は言った。常と変わらぬ冷ややかな物言いではあったが、いつもは感じない強張りのようなものが声ににじみでていた。

旭はのろのろと顔をあげる。両親の双方の特徴を受け継いだ、端整な面差しの若者だった。色白で品の良い顔立ちと華奢な体躯《たいく》は母親譲り。しかし座った姿勢や手足の長さを見る限り、上背などは人並みにはありそうだった。このあたりは父親に似たのだろう。箱入り令嬢だった佐織が恋に落ちてしまうのも分かる、見栄えのよい若者だった。

初対面の挨拶を述べたきりたがいに黙ってしまった母と息子を、楡男爵は気づかわしげに見比べる。

おそらく楡男爵は、息子の顔を見れば月草も心を動かすと思ったのだろう。母親とはそういうものだと、彼は信じているから。ところが予想に反して月草は微塵も感情の動きを見せない。

月草も内心では多少の動揺はあるのかもしれない。けれどいまのところは、ほぼ完璧にそれを隠し通している。それが性格や育ちに起因するものなのか、それとも産褥の床で子を奪われた女の意地なのかは分からない。

月草は、まるで値踏みでもするように旭を凝視していた。対照的に旭は母親の視線を避けるようにふたたび俯いてしまう。母子の様子に楡男爵は露骨に焦りだし、あわてて息子を促した。

「旭、お母さんに話したいことがあるだろう」

「それはちょうどよかった。私も旭さんに訊きたいことがありましたから」

ここにきてはじめて月草から息子に興味を示すような言葉が出たものだから、楡男爵の瞳は期待に輝いた、のだが――。

「東堂家の前の奥方が、妊娠していることは知っているの？」

楡男爵と旭はぎょっとしたように月草を見つめる。知らないはずがなかった。つい最近まで旭と佐織は一緒に暮らしていたのだから。

「……知っています」

「祥子、それは――」

「あなたに呼び捨てにされるいわれはございません」

汚らわしいと言わんばかりの物言いに、楡男爵は月草の心が自分の期待した方向には動いていないことをようやく理解したようだった。

「今後、私を呼ぶことがあれば、庭田内侍とお呼びください。それ以外は返事をいたしません。このこと、とくとお忘れなきよう」

「楡男爵」

たじろぐ男爵に、それまで黙っていた世津子が口を挟む。

「宗秩寮の役人が立ち合いのもとで、取り決めを交わしたはずです。離婚を認める代わりに親権を楡家に完全に委ねる。以降ご子息にかかわることはまかりならぬと。そちらの要望でございましたでしょう」

楡男爵とてそんなことは承知のうえで、けれど母親なのだから内心では子供を思いつづけているはずと踏んで乗り込んできたのだろう。

ぐっと言葉を詰まらせる元夫を冷ややかに一瞥し、月草はうなだれたままの息子に視線を移す。夫には元とか前の接頭辞がついても、息子や娘にはそれはけしてつかない。

月草はひとつ息をつき、男爵に対するよりはいくらか穏やかな口調で尋ねた。

「おそらくだけど、堕ろすことは難しい時期に入っている。どうするつもりなの？　あなたが父親なのでしょう」

旭はのろのろと顔をあげた。父親へのそれとはちがった和らいだ口調に背中を押されたような反応だった。

「どうしたらいいのか、分かりません」

本心だとは思ったが、それでは困る。妃奈子と初音は目を見合わせ、初音が肩を落とした。

「まあ、まだ学生だからね」

「こういうことをする人って、関係を持ったら子供ができるかもしれないということは微塵も考えないのかしら?」

「妃奈子さん、辛辣ね」

初音が苦笑したときだ。

「でもその子はお母さんがいるから、僕より幸せです」

旭が言った。これまでのおどおどした口調は変わらなかったが、声音が少しだけ軽くなったように聞こえた。

「だって僕はずっと寂しかったんです。なぜ僕にはお母さんがいないのかって……」

こびるような物言いに、嫌悪と怒りがこみあげる。母親を知らぬ者の寂しさは余人には分からぬが、かといってこの場でそれを免罪符のように使うのは卑劣が過ぎる。しかも旭は幼児ではなくもう十七歳である。同じことを感じたのか、初音も表情に露骨な嫌悪をにじませていた。

いっぽうで月草は、さすがに呵責の念を覚えたのか気まずげな顔をしている。しばしの思案のあと、彼女はひとつ息をついた。

「一応言っておきます。あなたへの母親としての権利と義務を私から奪い取ったのは、あなたのお父様とお祖母様《ばあさま》よ」

「それは――」

「でも、それは私達の都合であって、旭さんにはまったく責任も関係もないことよね」

なにか反論しかけた男爵を遮り、月草は旭に言った。

「そのうえで言わせてもらう。あなたが寂しい思いをしたことは理解できる。けれど私も出産前から、跡取りの子育ては自分がすると姑《しゅうとめ》、つまりあなたのお祖母様から言われつづけていた。現に初乳を飲ませてすぐに、あなたを連れていかれてしまったのよ。あなたのお父様もなにも言わなかった。もしも私が楡の家に残っていたとしても、あなたが思い描く世間一般のような母親との関係にはならなかったでしょう」

月草はこんこんと当時の実情を語る。内容だけ聞けば弁明のように聞こえるが、不思議なほどそんな印象は受けなかった。ただ実態のみを誠実に伝えようとしている。そんな月草なりの誠意を妃奈子は感じた。

旭は月草の話を聞きながら、時折父親の楡男爵に視線をむける。それは本当のことなのか？　そう問うているように見える。しかし楡男爵は気まずげな顔で視線をそらすのみだった。見苦しく否定しないことが、すでに肯定であった。

「ですが、もうお祖母様はいません。三年前に亡くなりました」

祖母の死を、晴れ晴れと旭は言った。

「ですからお母さんを虐《いじ》める人は、もう楡家にはいません。これを機に、どうか家に戻ってきていただけませんか」

さすがの月草も目を白黒させる。しかし旭は妙案だとばかりに、目を輝かせている。少し前まで顔を上げられないほどに憔悴《しょうすい》していたのに、月草の中にわずかにつけいる隙を見つけたとたん、急に強気に切りこんできた。

「……家に戻れって、お父様にはいまの奥様がおいででしょう」

「ですがあの人は元芸妓で、ちょっと前まで妾だった人ですから」

わずかな躊躇《ちゅうちょ》もなく旭が言ってのけた暴言に、妃奈子は表情を強張らせる。

月草の目がたちどころに険しくなり、それをどう誤解したのか楡男爵が決まり悪そうに頭をかく。

「母が生きているうちは許してもらえなかったのだがね。しかし二人も子供を産んだのだから、いいかげんに報いようかと――妻はともかく子を庶子にしておくのも哀れだと思ったんだよ」

「ですが堂上家《どうじょうけ》のお母さんが戻ってくるとなれば、元芸者風情など足下にも及びません」

初見の気弱な印象から別人のように前向きになる旭に、妃奈子は恐怖すら覚えた。

楡男爵はただの身勝手な男だが、旭のこの気味の悪さはなんなのだろう。強かというのか狡猾《こうかつ》というのか――。

「あの親子、頭おかしいんじゃない?」

初音が言った。子爵令嬢とは思えぬ言葉だが、妃奈子もまったく同意である。つまり月草を呼び戻すために、いまいる後妻を追い出すと言っているのだ。しかも夫である楡男爵も、息子を叱りつけるどころかまんざらでもない反応だ。月草が復籍すれば、彼女は妻として母として宗秩寮に働きかけてくれる。ひょっとしてそう考えているのだろうか。

「お二方とも、ご自分がなにを仰せなのか理解されていますか？」

腹に据えかねるといわんばかりに世津子が言った。月草はひたすら呆然として、元夫と息子の顔を見比べている。嫌悪や怒りの感情ではなく、まるで未知の存在に遭遇したかのような反応だった。苦手だという外国人と接するときでさえ、こんな顔を見せたことはなかった。

「なんの落ち度もないいまの奥様を、そんな一方的な都合で離縁などできるわけがないでしょう。それにそうなれば、今度はその方が産んだお子さんから母親を奪うことになるのですよ」

母親がいなくて、ずっと寂しかったと旭は言った。しかし異母弟妹に同じ思いをさせることにまったく躊躇がない。その自己中心的な考えを世津子は厳しく指摘した。だがその程度の指摘で考え直せる人間なら、最初からあんな提案はしない。

芸妓という職業や、妾という立場を軽んじる者は少なくない。

けれど旭や楡男爵の発言は、その程度の偏見や差別意識で出てくるものではない。後妻の人権を完全に無視したものだった。

（ううん、芸妓だからじゃない）

妃奈子は思いなおした。

華族である月草に対しての、姑と楡男爵の扱いも同じようなものではないか。彼らのふるまいは、月草の母親としての人権を完全に無視したものだ。そしてそんな二人に育てられた旭というこの青年は——。

「ですが、僕はずっとそんな思いをしてきたのです」

胸を張り、まるで標語でも主張するように旭は言う。そうしてこれまでのやりとりの中で一番堂々と月草を見据えた。

「だからお母さん。どうかいままでできなかった母親の務めを果たしてください」

妃奈子は耳を疑った。他人に言われた言葉なのに、衝撃が強すぎる。もしも同じ立場で自分が言われたら、どう返したらよいのか思い浮かばない。

月草はしばし無言だった。客観的な判断ができる妃奈子でさえ混乱している。当事者としては冷静にはなれないだろう。

「ならば——」

ようやく月草は口を開く。声音はいっそう冷ややかになっているように聞こえた。

「私が母親としての務めを果たすとして、あなたは父親としての務めをどう果たすつもりなの？」

「男と女はちがいますよ」

旭は即答した。

「佐織が一人で子供を産んだとしても、母親だから何とかするでしょう。母親であれば身を挺《てい》してでも子供を育てるべきです」

今度は耳を疑うこともなかった。似たような発言を時折聞くからだ。だからといって怒りが和らぐわけもないのだが。

「ちょっと、塩をぶつけてやりたいんだけど……」

まくではなくぶつけると初音が言ったので、妃奈子も言った。

「優しいのね。私は剣山か雲丹《うに》の殻をぶつけたいわ」

「いやあ、あんな人間の屑が本当に世の中にいるものなのね」

憎々しげに言ったあと、二人で月草の様子をうかがう。

月草は完全に感情をなくした、雛人形を通りこして能面のような顔をしていた。つい寸前までわずかに残っていた戸惑いや未練はきれいにぬぐいさられ、残滓すら見当たらなかった。

「私は絶対に戻りません」

旭と楡男爵は虚をつかれたような顔をする。なぜあのやりとりで、月草が戻ると思ったのか理解に苦しむ。

「今回の件について口利きもしない。十七歳にもなったのだから、起こした不始末の責任は自分でとりなさい」

まったく正しい言い分である。そもそも、あの月草がここまでこの言葉を遠慮していたことが不自然だった。旭が母親という彼女の唯一の負い目に付け込まなければ、もっと早くに言っていたのだろう。

呆然とする旭の横で、楡男爵がわめく。

「きっ、君には母親としての責任、いや、情はないのか⁉」

「そうよ、私はそういう母親よ。でも、これだけは覚えていて」

月草は正面から、楡親子を見据えた。自分を非難する彼らの視線に、なんの痛痒《つうよう》も感じていないとでもいうように、彼女は堂々としていた。

「あなた達のように身勝手な男が、私のような無責任で情のない母親を作るのよ」

この駆け落ち騒動に、宗秩寮が正式に処分を下したのはひと月後だった。

蒔田家に対しては、いっても嫁に出した娘が起こした騒動で、表向きは当人が勘当されていることもあり、伯爵への譴責《けんせき》処分で終わった。

楡家は跡取りの嫡男が起こした騒動であり、しかもそのあとの宗秩寮の聞き取りに対して当人の責任逃れの発言が多かったということで、反省の色無しとして厳しい処分が下された。内容としては、嫡男の旭は後継者として認められず、当主の楡男爵も、五年後に現在十歳の次男への襲爵をせよというものだった。


五月末日。妃奈子は初音と一緒に、蒔田佐織の住まいを訪ねることにした。

彼女が療養する隠れ家は、通りから奥に入った区域にあるという。

もちろん急襲ではない。事前の訪問打診は、里江が引き受けてくれた。

この国でまだなじみの薄いキリスト教徒という事情もあり、最初は胡散臭《うさんくさ》く思われていた彼女だが、誠実かつ献身的な対応で、いまや蒔田家から絶大な信頼を寄せられているのだという。

里江の説得を受けた蒔田夫妻は、娘の堕胎を諦めて内密に子を産ませることにした。無理な堕胎は母体の生命をおびやかすと言ったらすぐに諦めたというから、そのあたりはまともな親だった。娘の生命と世間体を天秤《てんびん》にかけて、後者を選ぶ非道な親の話も稀にだが聞く。

駆け落ちは知られていても、妊娠までは世に広まっていない。出産後は蒔田家で育てるか、あるいは里子に出すのかはまだ揺らいでいる最中だが、可能なかぎり良い方向で収まるように尽力すると里江が申し出たのだという。

「蒔田伯爵が、妾に産ませた子供として家に引き取るという手もあるのよね」

よくあることのように、初音は言う。

通りではさすがに避けたが、小路《こうじ》に入ってから立ち入った話をするようになった。一応声はひそめている。大衆新聞の記者がどこで張っているのか分からないのだから。

梅雨を間近に控えた、最後の五月晴れのその日の装いは、妃奈子は白地の夏結城《なつゆうき》。初音は紺と薄縹で縦縞を織り出した、銘仙の単衣を着ている。悪目立ちもできないが、かといって年頃の娘が二人で不自然に地味な着物を着ていたら、それはそれで怪しい。

「宗秩寮の目とか世間体もあるだろうから、出産してすぐに家に迎えるというわけにはいかないでしょうけど、それが一番安心よね」

楡家もそうだったが、庶子はその家の子として扱われるので、母親とは離されて本宅に引き取られることが多い。良くも悪くも庶子が認められている社会だからだ。これが欧州のように教会の影響が強い社会では、庶子はその家の子としては認められない。神の前で誓い合った結婚が重要視され、それ以外の男女関係を認めない方針だからだ。

「坂東さんは耶蘇なのに、妾や庶子の立場にも理解のある方でよかったわ」

妃奈子の言葉に初音は意味の分からぬ顔をした。キリスト教において庶子がどのような立場かなど、たいていの日本人は知らない。中世の時代。ただ正嫡の男子を得るためだけに、五人の妻に離婚や処刑を繰り返した王がいたと聞いたら、さぞ驚くことだろう。

(初音さんのような才媛なら、知っているかもしれないけど)

しかしこの場で訊く話でもないので、いまは黙っている。初音もとやかく訊いてはこず

「あの人は本当に、婦人救済には熱心な人なのよ」と、まるで自分のことのように誇らしげに言った。

「佐織さんが私達が来るのを了解したのも、坂東さんへの信頼からだったはずよ」

妃奈子達の見舞いの意向を伝えられたとき、とうぜんながら佐織もお付きの女中もずいぶん警戒していたらしい。しかし里江が説得してくれたおかげで、なんとか了解してもらえたのだ。

そもそもの成り行きからすれば、そこまで無理強いして訪問するつもりはなかった。当初の初音の提案も、あくまでも佐織が望んでくれるのならという前提だった。

それがここまで強く願うことになったのには、理由があったのだ。

妃奈子は手にした風呂敷包みを、胸にぎゅっと抱えこんだ。

月草から預かった現金が入っている。彼女のひと月の俸給分で、大金である。

高等女官は典侍と権典侍が勅任官《ちょくにんかん》で、それ以下が奏任官《そうにんかん》待遇となる。後者の中で最上

位の掌侍の俸給は、小学校教諭の初任給の十倍から十五倍以上に及ぶ。

当座の分として佐織に渡して欲しいと、月草からなんと頭を下げられたのだ。

『私があの子の尻ぬぐいをするというのも、筋ではないのかもしれないけど』

月草は言った。息子を完全に突き放し、戸籍上の縁も無くなっていると主張したのだから、確かにこの行為は矛盾する。

『後悔、されているのですか？』

妃奈子は尋ねた。

旭のあの卑劣さには、月草ぐらいの冷徹な態度がふさわしいと思う。しかしそれはあくまでも他人の妃奈子の主観だった。

『後悔もできない、自分に呆れているのよ』

自嘲気味に月草は答えた。妃奈子は納得した。そうでなければ、あそこまで躊躇いもなく突き放せない。

『後悔の気持ちがわくどころか、先日のあの醜態を見て、あの人達から離れることを選んだ自分が間違っていなかったとしか思わなかったわ』

それから月草は、離婚前後のことを淡々と話しはじめた。

家柄と容姿を望まれて楡家に嫁ぎはしたものの、強権的な姑と気の強い月草が折り合えるはずもなかった。婚家でぴりぴりとした生活を送る中、女学校時代の友人に会うことはよい気晴らしになった。

同級生のたいていが嫁いだ中で、世津子はいまなお自由がきく学生だった。その頃は先帝の時代だったので、涼宮も摂政ではなく、立場的にも時間的にもいまより気軽に会える存在だった。

もともと仲が良かった三人だが、在学中よりさらに友情が深まっていった。主婦が頻繁に家を空けるなど普通は良い顔をされないものだが、相手が宮様、しかも高貴な直宮ともなれば、姑も目くじらは立てられなかった。

しかし月草が結婚してまもなく妊娠すると、姑はここぞとばかりに嫁の行動を制限するようになった。月草は姑のいびりに屈する性格ではないが、母子の安全を守るためだと言われ、悪阻《つわり》の苦しさなどの体調不良もあって思考がどんどん麻痺《まひ》していった。結果として友人達との交流は絶たれてしまった。

精神的にも物理的にも追いつめられた中で、月草は旭を産み落とした。ひどい難産だった。子供を愛おしいと思うよりも、自分が死なずにすんだという安堵のほうが強く、けれどそれでも産褥の身体はどうしようもないほどに辛かった。初乳を飲ませるのにも富貴の手を借りなければならないほどだった。

その状態の月草をねぎらうこともなく、姑は『楡家にふさわしい男子に教育する』と言って、旭を連れていってしまった。

『姑に連れていかれたあの子を見て、悲しいよりも先に冷めてしまったのよ』

そのときの自分の心境を、月草はそう説明した。

嫁いで以降は常に精神的に疲弊していたのだが、妊娠したことで肉体的な疲弊も加わった。その結果、子供に対する感情がなにも生まれなくなってしまった。順調な状態であればきちんと育まれたであろう母性が、土の中で枯死してしまった球根のようになにも芽吹かなかったのだという。

体調が回復してからも、気持ちは変わらなかった。頑として姑に専有されている旭にどうしても感情が動かなかった。

しかたがない。腹は借り物なのだ。同じ虚しさを経験した女は過去に山ほどいた。母性という球根は、豊かな沃土でゆっくり育まれるべきものなのに、荒れた痩地に埋めておいて、美しい花を咲かせるなどできるわけがない。

自分は花を咲かせるどころか、芽を出すことさえできなかった。

そこから離婚を決意するまでは、あっという間だった。世間体を気にして最初は承知しなかった楡家も、涼宮が出てくるとすぐに諦めた。

『世津子さんも真摯になってくれて、本当にあのお二人には、いくら感謝をしてもしきれない』

妃奈子は月草の話を黙って聞いていた。彼女の選択をすべて肯定することはできない。

だからといって、では自分の立場でなにを非難したらよいのかと言われれば、それを具体的にあげつらうことはできない。

月草は後悔はないと言ったし、それは本心なのだろう。だからといって迷いがないわけではない。

『だからこのお金は、詫《わ》びるとか誠意ではないの。おそらく……』

そこで月草は言葉を切り、少し考えるように間を置いた。

『――そう、自己満足ね』

『お金はいくらあっても困りません』

妃奈子は言った。娘を年の離れた富豪と結婚させるくらいだから、蒔田家も裕福ではないのだろう。なんのかんのいっても金銭の援助が一番ありがたいはずだ。

『うまく説明して、受け取ってもらいます』

そう言って預かってきた現金だった。必ず渡さなくてはならない。

初音は手描きの地図を眺めながら、家々を確認している。小路に入って並ぶ仕舞屋《しもたや》の四軒目だと聞いている。板塀に囲まれた家や竹垣に囲まれた家がつづく。

「確か、このあたり」

初音が言ったとき、少し先に見える木戸門から一人の婦人が出てきた。里江だった。臙脂と黒の縞模様の御召に、黒っぽい帯を締めている。

妃奈子達が目を見開くのと同時に、里江は「あら、まあ」と声をあげた。そこでたがいに挨拶をかわしたあと、ここで人目についてはと用心してひとまず門をくぐった。里江はちょうど帰るところだったのだという が、引き返してくれた。

「いらしてくださったのね。佐織さん、ずっとお待ちだったわ」

「そうなのですか？」

意外そうに初音が言う。妃奈子もまったく同じ気持ちだった。歓迎されているとは微塵も思っていなかった。里江の顔をたてて渋々といった部分も大きかったのではと思っていた。妃奈子達の反応に、里江はくすっと声をたてて笑った。

「憧れだったそうよ」

「憧れ？」

「お二人がね。初音さんは才媛ぶりが際立っていたし、妃奈子さんは洋行帰りのハイカラな方だったから、ずっとお話がしてみたいとお思いだったそうよ」

妃奈子と初音は目を見合わせた。やがて初音は、照れ臭そうに顔を赤くした。妃奈子もちょっとばかり気持ちのやり場に困った。

（やっぱり、話しかけてみればよかったんだ）

あらためて感じ入りながら、風呂敷包みをさらに強く抱く。

佐織が少しでも安心して出産ができるよう、自分も尽力しようと思った。

なるほど。これは確かに道義的には非難される不倫ではある。この件で傷ついた者、迷惑をかけられた者は複数いるだろう。けれどそれが自分の身内でなければ、未来の友達のほうが妃奈子には大切なのだ。

「佐織さん、お元気そうですか」

一応探るように妃奈子は訊いた。ある程度の余裕がなければ、いくら憧憬の念があったとはいえ、ろくに話したこともない相手を歓迎しているとは言えないと思った。

はたして里江は、穏やかな表情でうなずいた。

「近頃はだいぶん元気になられたわ。ご両親が頻繁にお見舞いにいらしているからね。もっとも伯爵は人目もあるから、あまり堂々とは来られないけど」

驚く妃奈子達に里江はさらに続ける。

「色々な事情があったとはいえ、あんな年寄りに嫁がせた自分達が悪かったって、ひどく後悔していらっしゃるのよ」

その事実を聞いたせつな、妃奈子の胸は温かいもので満たされた。

驚きではなく、安堵だった。そうだ、色々あって疑《うたぐ》り深《ぶか》くなってしまっていたけど、世のたいていの親はわが子に対して、蒔田伯爵夫妻のようにふるまう人達なのだ。

「よかったわ」

初音が言ったので、妃奈子も「ほんとうね」と答える。どういうわけなのか、純哉に感じたときのような嫉妬はなかった。

微笑みあう二人の乙女に、里江が柔らかな眼差しをむける。

「あなた達のようなお友達がいてくれれば、佐織さんもいっそう心強いわね」

そう言った彼女に、妃奈子はふと既視感を覚えた。

――なんだろう？

「では、私はこれで」

もやもやする妃奈子に一礼し、里江は門をくぐって今度こそ帰っていった。

気のせいかと自分に言い聞かせ、妃奈子達は飛び石沿いに玄関にむかった。横を歩く初音の足は、心なしかはずんでいる。それを見ているうちに、先程までとらわれていた疑問などどうでも良いことのような気になってきた。

飛び石が切れた先には、格子戸の玄関がある。

「ごめんください」

妃奈子ははつらつと声をあげた。

第三話

六月に入り、御内儀の庭でも紫陽花《あじさい》の花を見かけるようになった。

時季が早いので、手毬《てまり》のような花はまだ白っぽい薄紫である。これが経過により、次第に色が濃くなり、濃い紫や青等に変化してゆく。

とりわけ美しく咲いた花を三輪、庭師が切ってきたので、妃奈子は唐津焼の花瓶に生けて御座所にお持ちした。

梅雨入りはまだだが、雲の晴れないすっきりしない日和だった。じっとしていればそうでもないが、動けばはっきりと暑さを感じるので、風通しのよい夏のワンピースの職服を着ている。

畳廊下から室内をのぞくと、中で控えていた藪蘭が目敏《めざと》く気づいてくれる。

「まあ、美しいこと」

「先程、仕人の人が持ってきてくれました。花付きが見事なので、御上にもぜひとも御覧いただきたく――」

「どれどれ」

やりとりを聞きつけたのか、奥から帝が出てきた。妃奈子は花瓶を藪蘭に渡し、自分はその場にかしこまる。命婦の者は、基本として御座所の部屋には入れない。

学校から帰ってきたばかりの帝は、すでに制服を着替えていた。しかしパリッとアイロンをかけたシャツに濃い色のズボンというでたちだから、制服とあまり変わり映えはしない。

今年十四歳になった少年帝は、昨年初めてお会いしたときと比較してぐんと背が伸びたように見える。もちろんそんなことは恐れ多くて言えやしないが、凛《りん》とした背筋にしなやかに伸びた手足は若竹のようである。

「ああ、これはきれいに咲いたね。庭師達がよく手入れをしているのだろう」

「恐れ入ります。御上の御目を少しでもお慰めできれば、この上ない誉《ほまれ》であると申しておりました」

「少し前に飾ってあった、躑躅の盆栽も見事だった」

妃奈子が藤とどちらがよいかで、少し迷った盆栽である。白藤がきっかけで躑躅にしたとはけして言えない。

「そのお言葉、私から仕人達に伝えてよろしいでしょうか？　彼らはきっと喜びます」

「もちろん」

帝は笑みを浮かべた。梅雨入り前の湿った空気を吹き飛ばすような、爽やかな笑顔であった。

「紫陽花はこれからだが、梅はどうだ?」

梅は早春の花なのに、これはまた妙なことをお尋ねになるものだと思ったが、すぐにお梅ほりのことを言っているのだと察した。

「梅の実でございましたら、ずいぶんと大きくなっているようですが、色はまだ青々としております」

「そうか。色づくまでもうしばらくか」

「芒種《ぼうしゅ》の末候を梅子黄《うめのみきばむ》と申しますから、あと少しでございますよ」

藪蘭が言った。さすがに妃奈子も二十四節気は知っているが、さらに細かく初候、次候、末候の三つに分けた七十二候のことは、宮仕えをはじめてから知った。藪蘭が口にした梅子黄は、梅の実が熟して色づく時季を指し、だいたいこの頃から梅雨入りとなる。

「判任女官達も、色々と稽古をしているようです。私が親しくしている御膳掛は、お三味の稽古にとても熱心で、個人で師匠を雇う力のいれようです」

「まあ、それは感心だけど、判任女官の禄《ろく》では大変でしょうに」

藪蘭が言った。宮仕えが長いぶん彼女とて他の女官と同じで浮世離れしていても不思議ではないはずなのだが、こういう部分などしごく一般的な感覚の人である。

「実は私も一緒に稽古に参加させてもらっているので、半分より少し多めに出しております」

先日からついに、妃奈子も三味線を習いはじめた。以前から興味はあったが、なんとなく躊躇していた。それを後押ししたのは里江の人柄だった。ちなみに楽器は栢命婦が貸してくれた。昔はよく鳴らしていたが、ちかごろはさっぱりだからついでに弦の調節もしておいてくれと頼まれた。

「ならば、その御膳掛も助かるでしょう」

「私ははじめたばかりで未熟ですが、彼女はとても上手に奏でておりましたから、お梅ほりがいまから楽しみです」

本人は謙遜していたが、人前で披露しようと思うぐらいだから、もともと鈴の三味線は達者だった。妃奈子からすれば、なぜこれで師匠をつけようと思ったのか不思議なほどである。

藪蘭と妃奈子のやりとりを、帝は機嫌よく聞いている。判任女官達の余興を、帝はあくまでもお隙見という形でしか見ることができないから、表立って楽しみにしているとは言えないのである。

妃奈子達の話が途切れたところで、帝は思いだしたように尋ねた。

「海棠が採用されてから、一年になるか?」

「いえ、彼女は昨年の九月採用でしたから、まだです。けれど御雇期間は終わりましたので、あと八ヵ月ほどで本採用になります」

藪蘭が答えた。

「そうか。不始末を起こさないように注意するんだぞ。お前がいなくなったら、せっかく得られた宮城の新鮮味が失《う》せる」

冗談交じりのように告げられた言葉に、妃奈子ははっとして帝を見る。

聞きようによっては、まるで妃奈子が革命でも起こしているかのようである。もちろんそんなことはないが、旧態依然とした女官達の中では新鮮な存在であることはまちがいない。そもそも妃奈子が採用された目的がそれだったのだから、帝がそう思ってくれるのなら期待に応えられているということでもある。

「恐れ入ります」

「御上。この者の本採用のときには、ぜひとも源氏名をお授けくださいませ」

「……私がか?」

藪蘭の要求に、意外そうに帝は答えた。

「もちろん。側仕《そばづか》えの女官の源氏名は、帝がお授けになるものでございます」

「弱ったな。私は源氏名をつけたことがない。他の女官は、幼少の頃から仕えている者ばかりだから、ほとんどは義母上《ははうえ》が考えてくれたのだ」

ちなみに藪蘭や呉などの年長者はもともと先帝の女官だったので、彼女達はそのときに名を賜ったのだそうだ。

「う～ん、どうしようか」

「御上、まだ半年以上ございますよ」

腕を組んで悩む帝を、藪蘭は苦笑交じりになだめる。

そもそも本採用になるかどうかも決まっていない。もっともこの段階で解雇されていないのだから、不採用になるとしたらよほどの不祥事を起こした場合だろう。

しばらく考え込んだあと、帝はゆるりと腕をほどいた。

「義母上にも相談して、そのときには良き名前を授けよう。なにしろ宮中では生涯その名で呼ばれるのだから、あまり適当にはつけられない」

「身に余る光栄でございます。心待ちにいたしております」

妃奈子は深々と一礼して、退席した。


局のうち二の側には命婦と、女孺のうち御膳掛と御服掛が住む。

命婦達高等女官は複数の間を賜り、針女を雇用して住まわせているが、女孺は六畳一間に四人で暮らしている。そんな部屋では三味線を鳴らすことも、師匠を呼ぶことも憚られる。それで少し前から、お梅ほりのための稽古で音をたてるものは三の側にある空き部屋を使うことになったのだという。

実は現在の局には空き部屋がけっこうある。今上が独り身なので、皇后のための女官がいないからだ。

その日、妃奈子と鈴は、三の側の六畳間で里江から三味線の手ほどきを受けていた。

もともと達者な者がさらに稽古に励んだのだから、鈴の腕前は日に日に際立ってゆき、いまでは芸妓になっても食べていけるのではと思うほどのものになっていた。対して妃奈子は初心者も初心者なので技量は拙く、この場に同席させてもらうことさえ恐縮する。けれどぎこちなく撥《ばち》を弾く妃奈子に、里江は柔らかな態度を崩さない。

「そうそう。妃奈子さん、なかなか筋がよろしいですよ」

里江がまとう夏の夜空のような褐色《かちいろ》の絽縮緬《ろちりめん》には、瑠璃色の露草が描いてある。素朴な野の花は、彼女の清らげな印象を際立たせる。

「ありがとうございます。先生のご指導のおかげです」

素直な気持ちで妃奈子は答えた。

優しく指導されれば、それだけで頑張ろうという気持ちになる。実家で箏《そう》の稽古をしていたときは、いつまでもうまくならぬ妃奈子に母はあからさまに蔑みの眼差しをむけた。それだけでまるでメドゥーサに睨《にら》まれたように身体が硬くなって、奏でる音色はますます拙くなってしまっていた。

かつての妃奈子にとって、婦徳を養うための古式ゆかしい稽古事は苦痛でしかないものだった。母の蔑みに心を削られつづけたあげく、自虐的に思うようになった。自分は不出来な娘なのだ。箏はもちろん、婦人のたしなみとして皆が普通に学んでいる、茶の湯や華道もなにひとつまともにこなせないほどに。

そんな自分が三味線を習いたいと思った。以前のことを思えば奇跡である。鈴の存在と里江の人柄に後押しされた。稽古中は技量の差で迷惑をかけているなとは思うが、だからといって萎縮はしない。むしろ早く上手になって報いたいと思う。もともとそんな不器用ではないから、前向きに稽古をすれば人並みにこなせるはずだと自分を信じることができる。

なにをやるにしても楽しくて、気概に満ちている。

稽古が一段落ついたところで、鈴が茶を汲《く》みに部屋を出ていった。それを待ちかねていたかのように里江が言った。

「佐織さん、信州に家移りをするのですって」

驚く妃奈子に、里江は事の次第をざっと説明した。

移転先は母方の親戚筋で、避暑地から少し離れた静かな田舎ということだ。ひと目を避けるのが一番の理由だが、これから暑くなるばかりだから妊婦の負担も考えて、いまのうちに涼しい土地に移るのだという。そこで出産をして、ほとぼりが冷めた頃に伯爵の庶子として籍を入れるという算段である。

「三年くらいは、あちらでお暮らしになるでしょうね」

「では、佐織さんはお子さんと一緒に？」

里江はうなずいた。妃奈子は心から安堵する。田村や月草のような例があるから絶対にそれが善だとは言わないが、親が健全であればできるだけ欠けることなく家庭を築いて欲しい。佐織の場合、子の父親が最初からいない状態になるが、彼女の両親は世間体を気にしつつも娘と孫を保護するだろう。

そのうえで月草も、佐織の様子を気にかけている。それが情なのか贖罪《しょくざい》の気持ちなのか妃奈子には分からぬが、少なくとも金銭的な援助はこれからもつづけるつもりでいるようだった。

「本当に良かったですね」

「ええ。これで佐織さんも、心穏やかに出産に臨めそうね」

そこで里江は、感極まったように口をつぐむ。しばしの間のあと、彼女は細い首をもたげてなにかに想《おも》いを馳《は》せるように遠くを見た。

その面差しに、妃奈子ははっと胸をつかれる。

里江の表情はこの上ない慈愛に満ちながら、同時に言い知れぬ深い哀《かな》しみを漂わせていた。喩《たと》えるのならばフランスで観たピエタの絵画だろう。学校内の聖堂に飾ってあったものので、おそらくさほど有名でも、優れた作品でもなかったのだと思う。けれど『嘆きの聖母』という題目だけで、観る側はさまざまに想いを巡らせる。

妃奈子はしばしば里江の表情を見守っていたが、あまりに長いこと彼女が黙っているので思い切って声をかけた。

「坂東先生？」

「……ああ、ごめんなさい。なにか感慨深くて」

「そうですね。先生は尽力なさいましたものね」

「実は私、子供を置いて嫁ぎ先を出てきたのですよ」

だしぬけの告白に、妃奈子はぎょっとする。

月草の件があった直後だけに、なんの偶然かと訝《いぶか》る。

嫁ぎ先を出てきたというのだから、きっちりとした離婚歴があるのだろう。籍をそのままにして出てきたのなら、いま夫を持っているはずがない。

「ごめんなさいね。みっともない話を聞かせてしまって」

弁明するように里江は言った。

「だからよけいに佐織さんには、子供と一緒にいて欲しくて」

「坂東先生は、お子さまと一緒にいたかったのですね」

あまり立ち入ったことを訊くのもどうかと思ったが、この程度の問いで気分を害するのなら最初から子供を置いてきたなどと、立ち入ったことを告白しない。

もっとも月草の件がなければ、こんな質問はしなかった。それまでは妃奈子も世間一般の感覚で、母親であれば子供とともにいたいものだと信じていたからだ。だから離婚した母親は、泣く泣く子供と別れさせられたのだと疑いもしなかった。けれど月草のような場合もあるのだと、思い知らされた。

対して里江はこくりとうなずいた。

「一緒にいたかったけれども、どうにもならなくてね」

母親としてしごく一般的な憂いである。月草のような例が珍しいのだ。

家長に絶対の権限がある世では、離婚した妻が子供を連れてゆくという状況にはまずならない。婚家から離縁を言い渡されてそれが認められてしまったら、嫁は子供を置いて出てゆくしか術はない。

「そうですね。離婚となると、どうしても妻側は弱いですからね」

「それなら弁明もできるけれど、私はそれを自分で選んだのですから」

なぐさめるつもりで口にした言葉を、すぐに否定された。

だがそんなことより、里江の発言内容のほうが衝撃的だった。驚きを隠さない妃奈子に里江は自嘲的に笑った。

「私は自分で離婚を選んだのです。夫は懸命に引き留めようとしてくれたけれど、私は諦めることができなかった」

「諦める？」

「ええ、信仰を」

静かに里江は告げた。

「私が婚家を出されたのは、神を捨てられなかったからなの」

江戸時代の隠れ切支丹《キリシタン》のような発言に、妃奈子は言葉も出ない。

確かに欧州に住んでいれば、そんな話はいつでも耳にする。教会に祀《まつ》られている聖人の多くは殉教者である。もちろん完全に過去のことだ。いまの時代に公的な裁判で、異端や異教、魔女であることが理由で火あぶりに処せられることはありえない。

この国でも新政府になってから、キリスト教は解禁されている。しかし現状ではまだ少数派である。特に旧家などでは、嫁が耶蘇などと知れば嫌がるだろう。夫は引き留めようとしたというから、舅姑《きゅうこ》あたりの意向であろう。

子供を置いて嫁ぎ先を出た。ここまでは、ままある話である。子供の養育権が家長に属するのだから、離婚となればどうしたってそうなる。

里江が特異なのは、わが子よりも信仰を選んだという点だ。

とはいえ別に子供の生命を盾に、棄教を迫られたわけではない。中世ヨーロッパや隠れ切支丹の時代でもあるまいし、現在の世でそんな非人道的なことはあり得ない。もっとも旧約聖書の話では、わが子を神への生贄《いけにえ》にしようとしたアブラハムの行為は肯定されているわけだが。

里江は子供の生命を犠牲に信仰を貫いたのではなく、子供とともにいることを諦めて信仰を貫いたのだ。彼女の行動がそこまで罪深いものかと問われれば、妃奈子は迷う。もちろん事前に月草の件を許容できたということが、かなり影響しているとは思うが。

さまざまに思いを巡らせる妃奈子を前に、里江は自嘲気味に言った。

「母親失格ね」

「母親だって、人間ですから」

妃奈子が答えると、里江は寂しげに微笑んだ。

母親は神ではなく人間だ。そんななにもかも子供に捧《ささ》げていては、心身の健康が保てない。そうなれば子供にとって、逆に毒にしかならないこともある。欧州での生活に馴染めずに心身を病んだ母は、妃奈子にとって毒となった。

憂い顔の里江に、妃奈子はなにか言いたかった。

けれど、励ましでもなく非難でもない胸にある思いをうまく言葉にできない。ちょうどそのとき盆を持った鈴が戻ってきたので、二人の話は自然と打ち切られてしまった。

御内儀が奥と呼ばれるのに比して、宮殿と御学問所は表と呼ばれている。

宮殿は複数の西洋式内装の広間で構成され、さまざまな儀式や催しが執り行われる場所だ。御学問所は、帝が政務を行う場所で宮殿と御内儀とは、それぞれの通路でつながっており、帝が成人であれば、平生は御学問所と御内儀を行ったり来たりする。しかし今上は未成年なので、御学問所に参内して政務を執るのは、摂政・涼宮である。

帝の御座所を使うことはさすがに恐れ多いので、涼宮は別の部屋を用いている。ちなみに御学問所と御内儀の御座所は、それぞれ表の御座所、常の御座所と呼び分けがある。もっとも表と奥を自由に行き来できるのは、帝と涼宮をのぞけば侍従職出仕の少年達だけなので、ほとんどの職員はこれらの言葉を使い分ける必要はない。

その日、御学問所に参内していた涼宮が御内儀に足を運んだ。

出仕の少年の案内でやってきた涼宮を、妃奈子は杉戸で出迎えた。この杉戸は表と奥の境界となる。

「ようこそお越しくださいました」

「そうか、今日の出迎えは海棠か」

やけに上機嫌に言う涼宮は、しなやかなサマーウールで仕立てた、濃紺のテーラードスーツを着ていた。

「ちょうど良かった。お前に頼みがある」

涼宮は言った。彼女の傍には妃奈子の他、出仕の少年がついている。

「なんでございましょう？　私にできることであれば、なんなりとお申しつけください」

「高辻から聞いているだろう。帝国博物館の展覧の件だ」

「はいっ」

目を輝かせる妃奈子に、涼宮は「話が早い」と笑った。

通弁として参加するむねは、涼宮から藪蘭に話をつけてくれるとのことなので、妃奈子は歴史の事柄をうまく伝えられるよう、基本の知識を蓄えなければならない。だから純哉に打診を受けたときから、ぼつぼつと資料を復習《さら》っていた。

「御上に拝謁をお願いしていたのだが、お戻りであろうか？」

「お伝えしております。お待ちでございますよ」

まるで涼宮から願い出たような物言いだが、実際は帝のほうが切望しているのだ。さすがに月草ほど露骨ではないが、帝もまた涼宮が長くこないと機嫌が悪くなる。

杉戸は本来の帝の移動を考慮して、御常御殿を囲む畳廊下につながっている。だから常の御座所とも間近であった。

畳廊下を少し進んだところで、角から出てきた者がいた。

白藤だった。今日も裾を引いた袿袴装束である。蘇芳色《すおういろ》の紗《しゃ》の袿には、牡丹《ぼたん》と蝶《ちょう》の比翼紋が織り出してある。

妃奈子はどきりとする。涼宮と白藤。かねてより不仲とされる二人が出くわした現場に立ち会ったのははじめてだった。もっとも不仲といっても白藤が一方的にこじらせているだけで、涼宮のほうは歯牙にもかけていない。そもそも二人の身分差を考えれば、対等に張り合えるはずがなかった。

「白藤権典侍、久しいな」

涼宮は他の女官に対するより、少しよそよそしく言った。白藤はその場で一礼する。

「ご無沙汰いたしております」

「本日の伺候担当はお前か」

御座所にて帝の間近に控える役は、典侍の役目である。もっといえば側室の立場となる権典侍が侍《はべ》るのが本来である。しかし現状で典侍は藪蘭と白藤の二人しかおらず、十四歳で学生の身分の帝に側室は尚早。結果としてそのぶんは内侍が代わりを務めている。

「さようでございましたが、御上からもう下がってよいと仰せつかりました」

くぐもった白藤の声は、ひどく陰湿な響きを含んでいた。

涼宮は一瞬困惑の色を浮かべたが、すぐにそれを振り払った。

「そうか。勤め、ご苦労であった。局に戻ってゆっくり休むがよい」

「残念ですが父が参っておりますので、ゆっくりとはできそうもございません」

白藤の言葉に、妃奈子はつい御内儀のほうに目をむける。面会人が来ていたなんて気づかなかった。それとも妃奈子が涼宮を出迎えたのと入れ違いの訪問だったのだろうか。

「とつぜんの訪問でしたので、私も驚いております」

わざとらしく白藤は言った。彼女の父、志摩伯爵は涼宮と対立している。となればここであえて父親の名前を出したことに、ある種の悪意は感じる。

涼宮は短い間のあと、からっと笑った。

「そうか。父親とのことを慮って、御上がお前を下がらせたのだな」

白藤は不意をつかれた顔をする。

「あとのことは心配するな。御上のお世話は他の内侍達で事足りる。お前はしっかりと父親に孝を尽くすがよい」

あっけに取られる白藤を置いて、涼宮は妃奈子を促した。妃奈子はその場から逃げるように畳廊下を進んだ。後ろから涼宮が付いてきている。置いて行かれたような形になった白藤は、もう応接室にむかっているだろうか？　あるいはいまこの瞬間、涼宮の背を睨みつけているかもしれない。

先刻の涼宮の発言を最初に聞いたときは、場を治めるための無難な言葉だと思った。おそらく白藤もそう思っただろう。けれど一拍置いてから、妃奈子は気づいた。あれは白藤に己の立場を分からせるための言葉だったのだ。

他の女官であれば、面会人が来たところでそれが勤務中であれば、仕事が一段落つくまでは待たせる。ましてそれが予約無しでの不意の訪問であれば、なおさらだ。

しかし帝は白藤に、父親の面会を理由に下がるように申しつけた。

一見白藤を慮るようなふるまいだが、父親の訪問を理由に首尾よく退出させたとも考えられる。なぜなら帝は、生母の白藤を疎んではいないが複雑な感情を持っている。義母である涼宮に対する屈託のない好意とは大違いだ。

帝は基本的には臣下に対して思いやりを持って接する方だが、なんといっても十四歳の少年だ。居心地のよさを優先するのなら、心待ちにしている涼宮の訪問にさいして、彼女と対立する白藤を追いはらおうとするだろう。

自分を挑発してきた白藤に対し、涼宮はその現実を突きつけたのだ。

自業自得ではあるが、白藤の立場の複雑さを鑑みれば酷でもある。

「あれの心の内がただ母としての子への思慕だけであれば、私も戒めなどせぬ」

背後から聞こえた涼宮の言葉に、妃奈子は驚いて足を止める。振り返ると、涼宮は苦々しい面持ちを浮かべていた。

「そうであれば同じ女として哀れだと思うし、皇族の一員として申し訳なくも思う」

「……そうではないのですか？」

妃奈子の問いに涼宮は即答しなかった。しばしの間があった。答えを探しているというより、適切な言葉を探っているように見えた。

やがて涼宮は開き直りとも割り切りともつかぬ口調で言った。

「あれには思慕だけではなく、執着がある」


博物館を訪れたのは、暦上の入梅の日だった。

その日はまるで暦を確認したかのように朝からしとしとと降りつづけた雨が、建物や敷石《しきいし》をしっとりと濡《ぬ》らして、それらを濃い色に塗り替えていた。

こんな日ではあるが、送迎車を車寄せまで乗り付けてもらうことができたので、振袖を汚すことがなかったのは妃奈子にとって幸いだった。

濃い藍色の一越《ひとこし》縮緬に百合《ゆり》の花を描いた振袖は、妃奈子がはじめて自分のために誂えた着物だ。御内儀に出入りしている御用商人が持ってきた反物に、一目惚れをして衝動買いした。着付けも耳隠しの髪型も、すべて千加子がきれいに仕上げてくれた。

春先に誂えたもので今日はじめて袖を通したわけだが、黒の麻地の帯をきりりと結ぶと思った以上に映えて心がはずんだ。同時に生まれてはじめて自分で稼いだ金で自分の欲しいものを買うという行為に興奮した。

もちろんこれまでだって生活に必要なものは給金で賄っていたわけだが、金額が安いうえに天引きという事情もあって、消費したという認識が薄かった。

（次は洋服を仕立てようかな）

そんなことを考えたあと、あまり贅沢をするものでもないと自分を戒める。お金はいくらあっても困らない。月草に言った言葉だが、自分で稼ぐようになってからなおさら身にしみている。

入り口のホールで、博物館の職員や先に来た宮内省の官僚と並んで涼宮の来館を待つ。いつもは多くの客であふれているという同館だが、涼宮の訪問にあわせて一般観覧の時間に制限をかけた今日は、行きかう職員の姿をちらほら見るばかりである。

ホールの一番目立つところに、特別展を報《しら》せる大きな貼り紙がある。貫頭衣を着た古代人の絵に『稲と金属』という端的な題目が、かえってこの展示会が含む範囲の大きさを感じさせる。

妃奈子はその場にたたずみ、建物や敷石を打つ楽器のような雨の音を聞いていた。

帝国を冠する国立の博物館は、国内に三ヵ所ある。

奈良、京都の古都に先んじて設立された帝都の博物館は、その嚆矢《こうし》だった。

いま妃奈子がいる本館は石造二階建ての洋館で、歴史的、芸術的側面から高い価値のある多数の文化財を所蔵している。広大な敷地には風光明媚《ふうこうめいび》な庭園も整えられており、近くには動物園や公園などの施設も充実しており、一日中いても退屈しない豊かな場所だ。

ほどなくして涼宮とその友人が姿を見せた。もちろん二人きりではなく、宮内省の人間や涼宮付きの女官が付き添っている。純哉もそのうちの一人である。彼はホールで待つ妃奈子を目にとめると、やわらかく微笑んだ。

常と変わらぬ反応である。対して妃奈子もいつものように笑みを返したが、内心にひそむわだかまりは認識していた。

先日自覚した母親にかんする理不尽な嫉妬を、今日になってもまだ引きずっている。もちろん詮無いことだとも分かっているから、なんの屈託もないように懸命に表情を取りつくろっている。

「私のためにみなの来館が阻まれたのか。申し訳なかったな」

人気《ひとけ》のないホールを見回しながら、涼宮は言った。すっとした立ち姿と青紫のしなやかなワンピースが、水辺に咲く花菖蒲《はなしょうぶ》を連想させる。

来館制限は貴賓達の安全を考えてのことだが、前回観覧時に新聞にすっぱ抜かれたことも大きな要因だった。

「今日は平日で雨ですから、もともと来館者も少ないでしょう」

侍臣の言葉に、涼宮は「そうだな」と相槌を打つ。そうして気持ちを切り替えるように妃奈子のほうを見た。

「海棠、今日はしっかり頼むぞ」

「恐れ入ります。精いっぱい務めさせていただきます」

『バード女史。この娘が、今日の通弁役だ』

涼宮は達者な英語で、隣に立つ西洋人の婦人に妃奈子を紹介した。

涼宮の友人という婦人は米国から招聘《しょうへい》された教育者で、この国にいくつかある女子大学や専門学校の設立に尽力した功労者である。年は六十歳くらい。がっちりした大柄な体軀に、白いへちま襟のついた黒のスーツを着ていた。すでに白髪のほうが多くなったけぶるような色合いの金髪を、三つ編みにして後頭部で丸めてピンでとめている。年齢に比して表情がはつらつとしており、陽気な修道女といった印象である。

『海棠妃奈子です。本日は精いっぱい務めさせていただきます』

『英国で学生生活を送ったと聞いているわ。どうりで達者な英語《キングズイングリッシュ》だこと』

バード女史は朗らかな声音で妃奈子の英語を褒めると、涼宮に目を移した。

『宮様。可愛らしいお通弁を雇い入れましたね』

『正式な通弁ではない。女官だ』

涼宮は英語で答えた。実は彼女はそれなりに英語が達者だった。バード女史のように話し慣れた相手ならば通弁はいらないのではと思えるほどに。

親しげに話す二人の婦人を眺めていると、やがて少し離れた場所に立つ西洋人の青年に気がついた。

まだ若い。せいぜい二十歳を少し越えたくらいであろう。艶のある金褐色の髪に白麻の三つ揃いがよく似合っている。西洋人となればそれだけで目立つはずだが、侍臣や女官達から少し離れていたからか、最初は目に入らなかった。

(どなたかしら?)

バード女史の御付きであろうか? それにしては、ちょっと距離がある気もするが。気にはなったが、関係者でなければこの場にはいないだろう。あとで誰かに訊けばいいとさして拘《こだわ》らずに展示室にむかった。

それから博物館職員の案内で、さまざまな展示品を観覧した。

広々とした展示室は、題目によって区分されており、時代の流れに従って進めるよう導線が整備されている。

第一区は序章的な扱いで、縄文時代終盤の狩猟採取の生活を表す展示だった。炭化したクルミ、トチ、ドングリ等の木の実。狩猟に使ったと考えられる黒曜石の矢じり。漁撈《ぎょろう》に用いた骨製の釣り針などが、説明文とともに陳列されている。

「この時代にはまだ農耕は行われておらず、自然にあるものを採取して食料を得ていたようです。道具も金属は痕跡がなく、石器や骨角器がおもな利器でありました」

職員の説明を、妃奈子は英訳する。気がつくとあの西洋人の青年が、バード女史の間近に立っていた。やはり彼女の御付きかと思ったが、そのわりにはバード女史を気遣う気配がない。自分の見たいものだけを見て、自分の都合で動いている。日本語はまったく分からないようで、職員の説明にはなんの反応も示さない。けれど少し遅れての妃奈子の英語の説明には関心を示している。

縄文時代の説明が終わって次の場所に移るとき、妃奈子は純哉を捕まえて尋ねた。

「あの西洋人の男性はどなたです？」

純哉は青年を一瞥した。

「紹介していませんでしたね。バード女史の甥御《おいご》さんです。むこうの大学で比較文化学を専攻なされているそうです。今回自身の研究のために、伯母上を頼って訪日なさっていたとか」

比較文化学がいかなる学問なのか、妃奈子はよく知らなかった。しかし名称でなんとなく想像はできた。なるほど。であれば、この観覧は渡りに船であろう。合点がいったところで、妃奈子はそれきり青年への関心をなくした。

「ああいう専門的なことを英訳するのは、なかなか骨が折れるでしょう」

ねぎらうように純哉が尋ねた。妃奈子は苦笑した。

「そうですね。解釈が間違っていないかと緊張します。あと英語での適切な言葉が見つからなかったりもしますので」

「妃奈子さんでさえそうなら、他の通弁も苦労しますよ」

純哉が言ったところで、一行は第二区の前に来た。

ここの題目は、稲の伝来と農耕のはじまりである。木製の鍬と鋤は復元品だが、稲穂を刈るための石包丁と籾《もみ》の痕跡が残る土器は本物である。

「実は稲作がいつの時代からはじまったのかは、まだ議論が分かれるところなのです」

そう前置きをしてから、職員は説明をはじめた。彼は説明にかんしてはなかなか達者な人物で、難しい専門用語などは使わず平易な言葉に終始している。それでも元の知識に乏しい妃奈子には、英訳はなかなか至難である。

(少しでも、予習をしておいて良かった)

でなかったら目に余る事態になっていただろう。言語も含めて、異文化を正しく伝えるというのは本当に難しい。涼宮の意向に添うためには、もっと勉強して知識をつけなければならないと痛感した。

『水田を作るには、治水などの高度な技術が必要となります。そのためには利器としての金属具が同時期に持ち込まれたのではとも考えられるのですが、このあたりを証明する遺物はまだ発見されていません』

神経を使いながら英語を駆使していると、〝Ｅｘｃｕｓｅ〟と話しかけられた。

バード女史の甥だった。

『ヴィクター？』

バード女史が呼びかけた。彼の名前はヴィクターというらしい。青みがかった灰色の瞳からは、疑うような鋭い視線がむけられている。

妃奈子は警戒しつつ、ｙｅｓと応じた。

『稲作と金属の黎明《れいめい》を学術的に探りながら、なぜこの国では子供達に、五穀は女神の遺体からこぼれ出たと教えているのですか？』

真剣な目で問われて、妃奈子は驚いた。ずいぶんと意地の悪い突っ込みをするというのではなく、米国人の青年が妃奈子が知らなかった五穀誕生の神話に通じていることに驚いたのだ。

学問に真摯にむきあう者にありがちだが、疑問が浮かんだらすぐに追究せずにはいられないのだろう。確かに彼の指摘通り、初等学校で歴史として教えている記紀神話は、専門的な考古学や古代史とはかみあわない。

向学心に燃える若い学者の卵であれば、なおのこと追究したくなるのだろう。そんなふうに、ある意味微笑ましく受け止めていた妃奈子だったのだが――。

『民にはおとぎ話のような説を歴史として教育するかたわら、ある一部の高等教育を受けた者達のみが真相を認識しているというのは、国民を馬鹿にした所業だと僕は思う。これではまるで、地球儀を保有しながら信者には世界が平面であると教えていた教会の時代のようではないですか』

なかなか過激な発言である。世界が平面であると信じられていた時代、教会が地球儀を持っていたことは、まあまあ有名な話だった。しかし歴史上のこととして、妃奈子は別に憤りも感じなかった。まして記紀神話を教えていることが国民を馬鹿にしているなどと夢にも思ったことはない。

（なるほど。そういう考え方になるのね）

細かいとは思うが、ヴィクターは平等である。過去のこととはいえ、西洋社会での教会の姿勢も同時に批判している。

しかし彼の年齢からして、研究にかけてきた年数はさほど長くないはずだ。となればよほどの秀才なのか、それともやたら固執する性質《たち》なのか――おそらくその両方だろう。

『ヴィクター』

見かねたバード女史が甥を止めようとした。英語が分からぬ者達も、不穏な空気は察しているようで不安げな顔をしている。

「大丈夫です」

妃奈子は彼ら全員に余裕を持って微笑みかけ、あらためてヴィクターに向き直った。

『ミスター』

胸の奥から気概がわき、武者震いする。

『まず、最初に申し上げておきたいことは、現在において私達の国で記紀神話と矛盾する研究をしたところで、けして火刑には処せられません。その点はお知りおきください』

妃奈子の指摘に、ヴィクターははっとしたように口許を押さえた。

どうやらこちらを愚弄するつもりではなかったようだ。時代錯誤ともいう迷信を、学校という公の場で教育している劣等な国——そんな意図が彼になかったのなら、他の思いちがいは許せる。

(なんだ)

ちょっと拍子抜けした。実は欧州の同級生から、人種差別的な発言を受けたことを思いだして燃えていたのだ。あのときは英語できっちりと論破してやった。もしもヴィクターがそのつもりなら、今日も同じようにやりこめてやると意気込んでいた。もともと妃奈子はそういう人間だったのだから。

『ヴィクターさん。あなたはキリスト教徒ですか?』

妃奈子は問うた。多民族国家の米国で多数派なのは、プロテスタント系のキリスト教徒だと聞いている。

『ええ、一応』

『ならば進化論と創造論のように解釈していただければ、いちばん理解しやすいものかと存じます』

進化論とは、生物が原初の単純な形態から環境等に適応して現在の姿になったとする説である。人間の祖先が猿であるというのも、この説になる。対して創造論は、あらゆる生物は神によって作られたとする説だ。この説によると、人間の祖先はアダムとイブで最初から人間であり、猿は猿である。加えてアダムの肋骨《ろっこつ》からイブが作られたので、男は女より肋骨が一本少ないということになっている。

解剖ができるようになった現在において、その真偽は子供でも知っている。

だからといって旧約聖書の話を否定する人はいない。

教会の教えが厳しい時代は、迫害を恐れて、地動説も進化論も公に語ることはできなかった。

けれど現代は進化論を憚りなく語ることができるから、創造論を否定せずに済む。それがなんであれ、個人が真摯に敬っている事柄を、科学や進歩という名のもとで全否定をせずにいられるのは、たがいに自由が認められているからだ。

妃奈子の説明を聞き終えたヴィクターは、分かりやすく腑《ふ》に落ちた表情を見せた。

『なるほど、そういうわけですね』

彼は両手をぽんと打ち鳴らした。青灰色の瞳がはつらつと輝いて、もともと若いのがさらに少年のように見える。

『ありがとうございます。これでもやもやがすっきりしました』

これは、存外に素直な人のようである。妃奈子はたちまちヴィクターに好感を持った。

『お役にたててなによりです』

たがいに穏やかな表情で目をあわせると、どちらからともなく手を差し出しあう。握手のつもりだった。妃奈子としては——ところがヴィクターは妃奈子の手を引き寄せ、口づけたのだった。

欧州の上流社会では珍しい行為ではない。もちろんむやみにできる行為ではなく、女性が手を差し出した段階ではじめて許可されるものだ。恋愛ではなく尊敬や親愛を示すもので、在欧時には妃奈子も何度か経験があった。

しかし日本においては、なかなか目立つ行為にはちがいない。この場にいるのはある程度西洋風の作法にも通じた者ばかりだが、それでもあまり目にするものではない。特に若い男女間で行われたものだから、バード女史以外はぎょっとした顔をしている。

もちろんヴィクターにとっては慣れた行為だから、彼はすんなりと手を離す。ちょっとざわつく周りの気配も気にした様子はない。そもそもこの場で記紀神話の件で突っかかってくるあたり、彼は空気を読む人間ではないのだ。

好奇の視線をひしひしと感じたが、ここで下手に照れたりしてはかえって意味深なことになってしまう。久しぶりのことに動揺しつつも、妃奈子も平然とした表情を取り繕いつつ手を下ろす。

「そつがないな」

場の空気を和ませるように、おどけた口調で涼宮が言った。

「なあ、高辻。あれが西洋での淑女に対するそつない作法だぞ。覚えておけ」

声をかけられた純哉は「え？」とひどく間の抜けた声をあげる。

らしからぬ反応に、その場にいた日本人が全員笑った。衆目を集めた純哉は、ひどくうろたえてなにか言葉を探していたが、やがて無言のままぷいっとそっぽをむいた。誰にでも愛想のよい彼には珍しいふるまいだった。周りの者は、若者らしい初々しさと受け止めてあまり気にもしていないようだったが。

（高辻さん？）

妃奈子は彼の横顔を見た。むっつりと唇を閉ざした表情は、少しばかり不貞腐れているように見えた。


観覧を終えた涼宮とバード女史は、貴賓室に招かれた。二人の間での日常会話は問題ないからと、ここで妃奈子はお役御免となった。ちなみにヴィクターも伯母に同行した。

「高辻。車寄せまで海棠を送っておいで」

涼宮の言葉を妃奈子は固辞する。

「大丈夫です、一人で」

「承知いたしました」

やけに断固として純哉が言ったので、妃奈子は驚いた。彼の立場からすれば、涼宮の傍につくことを優先するものだろうに。

「妃奈子さん、行きましょう」

誘う純哉の表情がいつになく硬い。妃奈子は戸惑う。いったい、どうしたのだ。こんな純哉の顔ははじめて見た。涼宮との醜聞をでっちあげられたときでさえ、困惑しながらも穏やかな表情を崩さなかった人なのに。そもそも来館して顔をあわせたときは普通に機嫌もよかった。

となれば不機嫌の理由は、先程涼宮にからかわれたことぐらいしか思いつかない。しかしあれも臍《へそ》を曲げるような発言ではなかったと思うのだが。

(どうしたのかしら?)

首を傾げつつ、純哉の横顔をうかがう。

歩くときはいつも通り歩幅はあわせてくれているが、なんとなく表情が険しい。

「あの……」

「フォード氏とは、なにを話していたのですか?」

「フォード? ひょっとしてヴィクターさんのことですか」

そういえばヴィクターの姓までは聞かなかった。バード女史の甥ということで、なんとなくバード姓なのだろうと思いこんでいた。

「そうです」

純哉は肯定した。妃奈子は展示室でのことを思い起こした。純哉も多少は英語を使うことができるはずだが、ヴィクターの喋りはなかなか早口で、しかも内容が理屈っぽかったので全面的に解することはできなかっただろう。

「長くなるのですが……」

と前置きをして、妃奈子はできるだけ簡潔に説明をした。最初は硬い表情をしていた純哉だったが、話を聞き終えたときは驚きに目を円くしていた。

「彼はオオゲツヒメノカミのことを知っていたのですか？」

「はい、私も驚きました」

「なんだ……」

純哉は言った。気抜けしたような物言いだった。

「あんなふるまいをしたから、なにを話していたのかと心配をしていました」

「ふるまい？」

なんのことかと、妃奈子は首を傾げた。ヴィクターの若干喧嘩腰とも受け取れる物言いなのか？　あるいは妃奈子の負けじと応戦するような態度なのか？　それとも——。

（手の甲への口づけのこと？）

しかしあれが西洋では珍しくない作法だというのは、涼宮が説明している。そのうえで自分が「欧州では普通のこと」というのも嫌みな気がした。そもそもいくら欧州では普通でも、この国で違和感がある行為にはちがいない。

「私も驚きました」

妃奈子は言った。

「握手のつもりで手を出したのですが、勘違いされてしまったようです」

「勘違い？　では妃奈子さんの意に添った行為ではなかったのですか」

「え？」

少し語気を強めた純哉に、妃奈子はぎくりとする。ひょっとして誤解を招く発言だったのかと、あわてて弁明をする。

「彼の名誉のために言っておきます。けして非礼を働かれたわけではありません。確かに予想はしていませんでしたが……」

そう言ってヴィクターをかばうと、純哉はなんとも複雑な表情を浮かべる。

なんだか様子がおかしい。自分がなにか言えば言うほどぎこちない空気になってゆく気がする。そもそもこの反応が、あきらかにいつもの純哉ではない。

(どういうこと？)

探るような妃奈子の視線から、純哉はふいと顔をそむける。妃奈子はいっそう不審を募らせる。なんなのだ、いったい。

しばしの沈黙のあと、そっぽを向いていた純哉はゆっくりと顔を戻した。

「すみません。思った以上に動揺してしまったようです」

いささか消沈したように純哉は言った。

「ああいった挨拶は、摂政宮様が外国の貴賓と謁見するときなどに何度か目にしていたはずなのですが、自分でもちょっと混乱しています」

そう言って純哉は、きまり悪そうに頭をかいた。

その告白を聞いた妃奈子は、彼と同じように混乱する。

涼宮のときには礼儀として受け止めていた所作が、妃奈子のときは動揺した。

(えっと、それって……)

どういう意味? いや、純哉は混乱していると言ったから、彼自身もよく分からないでいるのかもしれない。けれど、それでも──とにかくなにか訊きたくて、妃奈子は唇を震わせる。

「あの……」

「それにしてもオオゲツヒメノカミの神話を知っているとは、妃奈子さんも驚かれたでしょう」

さらりと口調を変えて純哉が言ったので、妃奈子は質問を封じられてしまった。

もっともそうでなかったとしても、なにをどう訊いてよいのか妃奈子自身もはっきりとは分かっていなかったのだが。

けれどはっきりしないながらも、惜しいことをしたのだとはものすごく思う。さりとてここで話を引き戻して問い質すほどの勇気はない。未練を引きずりながらも、妃奈子は純哉の言葉にうなずく。

「フォードさんにうまく説明ができたのは、高辻さんのおかげです。展覧会について先にお話しくださっていたので、いろいろと予習ができました。オオゲツヒメノカミの話など、高辻さんからお話を聞いていなければまったく分かりませんでした」

そう妃奈子が言うと、純哉はようやく表情を和らげた。これまでの彼のらしからぬ態度に不安を覚えていた妃奈子も、ようやくほっとすることができた。

それから二人でホールまで歩いた。通路の窓ガラスから見える中庭では、色濃く紫に染まった紫陽花が、間断なく降りつづける雨に打たれていた。

「紫陽花の色が、ずいぶんと濃くなりましたね」

妃奈子は言った。先日、御座所にお持ちした紫陽花はまだ白っぽかった。あの枝もいまはもう少し濃い青になっている。

純哉は窓の外に目をむけた。

「梅雨入りしたものでしょうか。ならば、しばらく鬱陶しい日和がつづきますね」

「それがあければ、今度は暑くなりますからね」

などと天気の話をしながら、通路を進む。

「こんな季節なのに、母が上京すると言うのです」

思いだしたように純哉は言った。

その話は以前にも聞いていたが、実際にどうなったのかまでは知らなかった。

「お母さまって、奥羽からですか？」

「細かく言えば会津です。いま頃ならあちらのほうが過ごしやすいと思うのですが、田植えが終わったこの時季が時間がとりやすいとか言って」

田植えと言っても、純哉の母が農作業をするということではないだろう。以前にちらりと聞いた話だが、純哉の実家は広大な田畑、山林を所有している、その地方の大地主ということだった。そういう家はたとえ自らの手を土で汚さずとも、農作業の繁忙期はなにかと忙しいのである。特に家を守る立場の主婦ともなれば、なおさらだ。

「こんな季節に上京したところで、雨に降られて観光もやりにくいと言ったのですが、子供のいうことなど聞きやしません」

「目的は観光ではなく息子さんに会うことだから、天気は関係ないのでは？」

妃奈子が言うと、純哉はむずがゆいような表情で苦笑した。

否定しない。とうぜんの反応だ。実の娘の幸せを阻むためだけに、わざわざ御所まで乗りこんできた妃奈子の母親のほうがおかしいのだ。

　少し前のときめきとはちがう、ちりちりと胸の奥でなにかが焦げる音がする。妃奈子はひとつ息をつき、気持ちを静めようと務めた。

「よいお母様ですね」

　取り繕いつつも妃奈子が言うと、純哉は不意をつかれたような顔をした。その反応には気づいたが、あまり気にしないまま歩を進める。世間一般の青年らしく、母親のことをあまり言われるのは照れ臭いのだろう。

　細い通路から、広い玄関ホールに出た。

　雨降りでよけいに薄暗いホール内は、来館時と同様に人気がなかった。吹き抜けの高い天井には大きなシャンデリアが下がっているが、明かりは点《つ》いていなかった。

「供待ち部屋でお待ちですよね」

　純哉が訊いたのは、運転手のことだろう。

「はい、確かそう言っていました」

　呼びに行ったほうがよいだろう。しかし供待ち部屋がどこにあるのか分からない。近くに雇員がいるといいのだが。きょろきょろとあたりを見回していると、ぽつりと純哉がつぶやいた。

「実の母ではないのです」

斜め後ろから飛び込んできた言葉に、妃奈子は動きを止める。

耳で聞こえた音を、言葉として理解するまで少し間があったように思う。


——実ノ母デハナイ。


妃奈子は肩を押されたように、勢いをつけて純哉のほうをむいた。唇をうっすらと開き、まじまじと見つめる。純哉はちょっと困ったような顔で頭をかいた。たいしたことじゃないのに、失敗したなとでも言いたそうな表情である。

「少し良いですか?」

純哉はホールの端に設置された、ベンチを指差す。妃奈子はうなずいて、彼とともにそこに座った。

ほの暗いホールの中に、しきりに降りつづける雨の音が響いている。教会での無伴奏の中世の聖歌や、あるいは寺院での声明《しょうみょう》を聞いているような気持ちになる。組み合わせた両の手を膝に置き、上半身を少しかがめた格好で、純哉はぽつぽつと語りはじめた。

高辻夫人は、現当主の後妻であるという。

しかし純哉が物心ついたときには、すでに彼女が家に入っており、嫁としても母としても非の打ちどころがないほど立派にふるまっていた。

「彼女が実の母親ではないことは、早くから周りに聞かされていましたので、そこに葛藤はありませんでした。なんなら子供の頃の私は、母親とは産んでくれた人ではなく育ててくれる人という認識しかなかったのかもしれません」

さらりと純哉は言ったが、近頃の妃奈子の周りの状況を思えば、実に重みのある発言だった。同時に妃奈子のうちにあったさまざまな煩いを吹き飛ばす痛快さもあった。

「母がそんなふうだったので、我が家には先妻、つまりは私の生母ですが、彼女の気配はほとんど残っていませんでした」

顔も知らぬ、高辻夫人の姿を想像する。

夫と舅姑に尽くし、家を守るのは婦徳に従えば可能だろうが、継子《ままこ》をわが子同然に慈しむのは、真《まこと》に人間性が優れていなければできない。

――そういう方なのだろう。

なんだか雲の上の人のように思えた。

「存じ上げませんでした。高辻さんがお母様のことをお話しになるときはお幸せそうだったので」

「いいえ。僕は両親にかんしては恵まれていましたし、まちがいなく幸せでした」

そこで純哉はいったん言葉を切り、声を落とした。

「けれど母には、色々な葛藤があったと思います」

それから純哉は、継母の嫁入りの経緯を語りはじめた。

純哉の両親は早いうちに離婚をしたので、継母は姑に見込まれて後妻として高辻家に嫁いできた。

「見込まれた理由は、いわゆる石女《うまずめ》だったからだそうです」

衝撃を受ける妃奈子に、純哉は彼には珍しい嘲笑をこぼした。

「ひどい話でしょう」

「…………」

「父が、後妻など迎えて新しい子供ができれば、この家で私が蔑《ないがし》ろにされる心配があるといって再婚を承諾しようとしなかったからです。私のことを思ってくれたことはもちろんなのですが、当時はまだ生母に未練があったようです。米沢の旧家の令嬢でたいそうな美貌だったとかで、父が惚れぬいて是非にと懇願して妻として迎えたようですので」

いささか気になる点があったが、話の腰を折らぬよう黙って聞く。

「けれど旧家には、やはりどうしたって家を差配する嫁が必要なものですから、折衷案として継母に白羽の矢が立ったようです」

継母は子供ができないことを理由に、前の嫁ぎ先から返されて実家で暮らしていた。

両家の間にどのような話し合いがなされたのかは知らぬが、継母は後妻として高辻家に入り、なさぬ仲の純哉を育て、夫舅姑に仕えて家政を切り盛りしてきた。

当初は前妻への未練をなかなか断ち切れなかった父も、後妻の家族への献身には深謝していたし、そういう姿を目の当たりにするうちに次第に打ち解け、いまは世間でも評判のおしどり夫婦だという。

「——めでたしめでたしだとは思っていません」

まるで釘《くぎ》をさすように、純哉は言った。

「いまがどうであれ、高辻の家が母という一人の女性の尊厳を踏みにじったことに変わりありませんから」

その言葉に妃奈子はほっとした。このまま継母の婦徳の称賛で話が終わるのかと、内心では案じていたのだ。

だからこそ、純哉の真意を知りたかった。

「なぜ私に、その話をなさろうと思われたのですか?」

妃奈子の問いに、純哉は少し表情を和らげた。

「最近は、いろいろな話があったでしょう」

「……まあ」

田村と初音の話はもちろんだが、月草と楡家、蒔田家のことも、宮内省職員という立場から純哉は知っている。

「ですから私も継母の話をしてみたくなったのです。彼女がそういう苦労を乗り越えてきた人なのだと誰かに――」

そこで純哉は一度言葉を切り、妃奈子を見た。

「妃奈子さんに聞いて欲しかったのです」

きっぱりとしていたが、雨音のように自然な声音だった。

妃奈子は、純哉に対してつまらぬ僻みの感情を抱いていたことを悔いた。ひょっとして純哉がこの話をしたのは、そんな妃奈子の内心に薄々気づいていたからかもしれない。良いお母様ですね、と言ったときの、不意をつかれたような彼の表情を思いだす。

恵まれていると羨んでいた純哉も、実際には複雑な背景を持っていた。だから彼への僻みは筋違いだった――単純にそういうことでは、きっと良くないのだろう。ならば平穏で恵まれた家庭で育った者に対しては、彼らがどれほど立派な人間であろうと尊敬ができないことはしかたがないという理屈になってしまう。

――あの人は恵まれているから、とうぜんよ。

――お金がある人は、余裕があっていいわよね。

現実問題、よほどの聖人でもないかぎり、恵まれた環境になければ他人の苦境に手を差し伸べる余裕はない。行き倒れの老人を救えない非力な自分を恥じ、彼の飢えを満たすために自らの身を炎に投じる兎《うさぎ》のような人間は稀有《けう》である。

涼宮や世津子は自分の恵まれた環境を十二分に理解し、その立場だからこそできる世への貢献を行っている。平等という点での問題はあるが、彼女達のような存在がなければ世は改善のきっかけすらつかめない。

「いまのお母様がどのような葛藤を乗り越えていらしたのか、そこに思いを馳せると深いものの存在を感じますね」

「そうですね。尋ねたところで、とうてい一言では言い表せないでしょうが」

継母のことのように言っているが、純哉自身にも葛藤はあったのだろう。だからこそこんな立ち入ったことを妃奈子に話した。

話すだけ話して納得したのか、純哉の横顔は落ちついている。

この間合いなら訊けるかもしれない。彼の話を聞きはじめた頃から、ひそかに気になっていたことを。

妃奈子は腹をくくる。

「なぜ、実のご両親は離縁なされたのですか？」

その問いに、純哉は顔をむけた。

ピエタのように憂いに満ちた里江の面差しを、どこかで見たことがあると感じた。

それを少し前に思いだした。いま目の前にいる純哉とよく似ているのだ。普段の彼は朗らかで誠実で、表情に憂いなどにじませていないから気づかなかったけれど。

「耶蘇であることを反対されたと聞きました」

「…………」

「欧州で暮らした妃奈子さんはちがう感想をお持ちかもしれませんが、私には、正直あまりに斜め上の理由すぎて、彼女の気持ちがよく分からないのです」

私も戸惑った、という言葉は飲みこむ。

ここで里江の話をするつもりは、妃奈子には微塵もなかった。けれど確認できることまではしておきたかった。

「実のお母様は、ご息災なのでしょうか？」

妃奈子の問いに、純哉はつかの間、首を傾げた。

「おそらく息災だと思います。ただ父との離婚で、実家とも縁を切られたとかで消息は分からないのです」

特に屈託もない物言いだった。継母の話をしたときに比較して、あっさりとしたものである。野垂れ死ねばよいという恨みもないかわりに、懐かしむ気配も微塵もなかった。それがかえって残酷だと、妃奈子は感じた。

お梅ほりを明日に控え、鈴の稽古はいよいよ総仕上げに入った。

もともと達者なところに稽古を重ねたわけだから、当日は名妓《めいぎ》といっても良いこの腕前をいかに緊張せずに披露できるかということになってくる。

「技量は十分ですから、とにかく緊張しすぎないように。それに稽古も今日はほどほどにしておやすみなさい。あまり頑張りすぎて怪我でもしたら、これまでの努力が水の泡になりますよ」

何度も何度も稽古を繰り返そうとする鈴を、ついに里江はたしなめた。妃奈子もちょいちょいと言ってはいたが、自分の腕前を考えればなにを言ったところで説得力はない。

二人に言い含められて渋々納得した鈴は、ようやく撥を置いた。

「緊張しないために、どうしたらいいですか?」

「掌に人の字を書いて、飲みこむとよいと聞きますよ」

「人の字ですね」

手を握りしめ、鈴はこくこくとうなずいた。

その様子に微笑みながら、妃奈子自身は拙く撥を動かしていた。自分のほうはもう少し緊張感をもって励まなければならないと思っている。

実は鈴の稽古は今日で最後なのだが、妃奈子はもう少し続けるつもりでいた。稽古自体は楽しいし、そもそもここでやめてはなんのために始めたのか分からない。

里江と純哉の関係は気になるけれど、妃奈子が口を挟むことではない。純哉は生母の名前も覚えていなかった。聞かされていないのかもしれない。だから彼に確認を取ることはできない。妃奈子が里江に何も言わなければ、ただの妄想で終わらせられる。

撥をひとつかき鳴らし、べんっという音が一度響いて空気の中に収束してゆく。そこで鈴はようやく三味線を置いた。上気した顔が達成感に満ちている。あれだけ見事に弾きこなせればとうぜんだろう。

まるで示し合わせたように、妃奈子と里江が拍手をする。

「素晴らしかったわ」

「本当に、もう教えることはないほどです」

二人の称賛に、鈴はまんざらでもない顔で「ありがとうございます」と礼を言う。稽古が一段落ついたところで、鈴は茶を淹れに部屋を出ていった。彼女にとっては最後の稽古なので立派な茶菓子を準備していると言っていた。

二人きりになってから、妃奈子はあらためて頭を下げた。

「次回からは未熟者一人になりますが、よしなにお導きください」

「こちらこそ。それに妃奈子さんは筋が宜しいから、私も楽しみです」

世辞半分であろうが、そう言われるとやる気がでる。

人柄と美貌の双方に優れていて、本当に非の打ちどころのない女性である——純哉の生母だとしたら納得だし、彼の父親が惚れぬいていたというのも分かる。

真相などどうでもよい。妃奈子が知っているのは、救世軍士官学校教官夫人で、三味線の師匠で、佐織の窮地に手を差し伸べた坂東里江だ。信仰心という名の我を通して、子供を置いて出奔した高辻里江ではない。

純哉との関係を量りながら、そこは自分に関係のないものとして彼女自身を見つめようと妃奈子は誓った。だからこそ、ここで確認しておきたいことがあった。

「坂東先生、先日のお話のことですが」

三味線を袋に片づけていた里江は、手を動かしながら「ん?」という顔をした。そしてすぐに「ああ……」とどうということでもないように笑った。尋ねた妃奈子のほうが、居たたまれない気持ちになった。

「息子のこと?」

前回は子供としか聞いていなかったが、息子だったのか。

「事柄そのものではなく、なぜそのような話しにくいことを、私にお聞かせくださったのですか?」

息子を置いてきたことではない。それこそ不倫でも、駆け落ちでも同じことだ。普通なら秘しておきたいことを、妃奈子のような若輩者に話した理由を知りたかった。

「そうね……」

里江はひとつ息をついた。

「佐織さんの件で懸命になっているあなたや初音さんを見て、ちょっと意地悪な気持ちになったのかもしれない」

「……意地悪？」

「白百合のように清らかなあなた達に、世の中にはこんな身勝手な女もいると教えておきたかったのかしら」

「そんなこと！」

妃奈子は声を荒らげた。

「そんなことはけしてありません。だとしたら他人の信念を曲げさせようとして、それができなかったからといって、母と子供を引き離した婚家の方達は非情ですよ」

そもそも現代において、キリスト教は禁教ではない。棄教させる権利など誰にもないはずなのに、嫁から子供を取り上げる権利が婚家にはあるのだ。

思いがけずに興奮してしまった妃奈子は、気を静めるためにひとつ息をついた。吐息とともに胸の内にあった憤りが、ゆっくりと空気に溶け込んでゆく。

里江は驚いて円くした目を、やがてやんわりと細めた。

「お話ししたもうひとつの理由は、妃奈子さんが欧州でお暮らしだったと聞いていたからかしらね」

「はい？」

「少しは私の気持ちが分かってもらえると、甘えてしまったのかもしれない」

妃奈子自身はキリスト教徒ではないが、その社会にはこの国で生まれ育った人間よりは通じている。もちろん里江の行動には多少の疑問はある。我を通して子供を置いて出ていった母親など軽蔑されてとうぜんと、世間が判断することも想像できる。

それでも『耶蘇のために子供を捨てた人でなしの母』などと、頭ごなしに罵倒したりはしない。だから先刻の、里江の婚家への非難につながった。その人達が純哉の祖父母かもしれない可能性は、このさい関係ない。

「これまで非難されたことが、おありでしたか？」

「そりゃあ、もう」

里江は自嘲的に笑った。

「実家からは勘当されたわ。そもそも内緒で洗礼を受けていたから、親も婚家に聞いてはじめて知ったという状況だったもの」

それ以上のことを里江は語らなかったが、推して知るべしだろう。おそらく口にもできないほどひどい言葉で罵倒されつづけてきたにちがいない。母親であれば子のために何もかもを犠牲にすべきという、個人の人権をまったく無視した、この世にはびこる母親信仰という不気味な宗教を背景に。

「――そういうご事情だったのですね」

妃奈子は言った。

「みっともないことを話してしまってごめんなさい。不愉快でしたら、ご放念いただけるとありがたいわ」

「いいえ、大丈夫です。お話しいただいて腑に落ちました」

はっきりと妃奈子が言うと、里江の張りつめていた表情がようやく緩んだ。

そのとき襖のむこうから声がして、盆を持った鈴が入ってきた。

「お待たせしました。先生、水羊羹《みずようかん》はお好きですか？」

硝子製の菓子皿には、小豆色の羊羹と青紅葉が添えてある。見た目にも涼しげで、じっとりとした湿気を吹き飛ばすような爽やかな菓子だった。なるほど。時間がかかったわけだ。盛り付けにこういう気の使い方をしたのだから。

里江は目を輝かせた。

「まあ、きれいだこと」

「それに美味《おい》しそうですよ」

付け足すように妃奈子が言うと、里江は鈴のほうを見た。

「ありがとう。こんなに気を使ってもらって」

その言葉に鈴はちょっと得意げに微笑んだ。

いつもは局の玄関まで見送るのだが、今日は鈴にとって最後の稽古なので宮城門まで見送ることにした。ついでといってはなんだが、今日は雨が降っていなかったので妃奈子も一緒に行くことにした。

局から宮城の傍門に通じる道を歩きながら、そういえば里江とはこの道で出会ったのだと思い起こしていた。初音と一緒だったあのときは風薫る季節だったが、いまは入梅の頃である。肌にまといつく空気はじっとりとしている。下草の射干は花を落とし、いまは青々とした剣状の葉だけを残している。

雑談をしながら三人で歩いていると、ふと鈴が坊門のほうを指差した。

「あれ、高辻さんじゃないですか？」

妃奈子はどきりとする。見ると宮内省からの道を純哉が歩いていた。この門は宮内省にも近いから彼が使用することは不思議ではない。しかしよりによってなぜこの間合いでと思う。

「高辻？」

里江は思い当たる節があるようにつぶやく。いくら縁を切っていても、元婚家の姓ぐらい記憶にはあるだろう。

「はい。宮内省の職員さんで、なにかとお世話になっている方です」

などと鈴が説明しているうちに、純哉が妃奈子達に気がついた。傍門の前で会釈をしている。鈴が小走りで駆け寄り、妃奈子と里江はそのあとに歩く。鈴はなにやら純哉と話していた。おそらく自分達がここに来た事情を説明か、彼がここに来た事情を訊くかしているのだろう。

ちらりと見ると、里江の様子にそこまでの変化はない。高辻という苗字《みょうじ》はありふれてもいないが珍しい苗字でもない。

やがて傍門の前で四人が集う。そのときの里江はちょっと不思議な顔をしていた。純哉の姿を視界に止めてはいるのだが、それが蚊帳の奥でも見るようにわずかに目を眇《すが》めているのだった。

「はじめまして。高辻純哉です」

いつものように陰を感じさせない微笑みで、純哉は名乗った。産褥の床で追い出されたというのでもなければ、息子の名前は知っているだろう。

はたして、里江ははっきりと表情を変えた。

しかしそう思ったのは、妃奈子だけだったのか。純哉はあまり気にしていないように自己紹介をつづけているし、鈴にもこれといった変化はない。

「昨年から宮内省に奉職しております。こちらのお二人とは、日ごろから親しくさせてもらっています」

好意的な態度の純哉に、里江は緊張した面持ちで「そうですか……」とくぐもった声で応じた。

「ご立派にお勤めで——」

「お二方も含めて、支えてくださる皆様のおかげです」

良くない、と妃奈子は思った。このままでは、純哉はもちろん鈴にも不審を抱かれてしまう。せめて里江に気持ちを整理する時間を与えなければ。

「高辻さんは、なぜこちらにいらしたのですか？」

「ああ、それは——」

純哉が言いかけたときだった。門外から聞こえたエンジンの音が、名残を残すようにしてとまった。

「失敬、ちょっと待ってください」

そう言って純哉は門外に出る。里江はあからさまにほっとした顔をしていた。彼女は胸に手を置き、ふうっと息を吐いている。

「先生、気分でも悪いのですか？」

さすがに様子がおかしいと思ったのか、心配そうに鈴が訊く。里江はようやく表情を取り戻し「心配しないで。ちょっと眩暈《めまい》がしただけ」と答えた。そうして彼女はきっと首をもたげ、まなじりを決したように純哉が出ていった門を見つめた。

少しして純哉が戻ってきた。

妃奈子は息を呑《の》む。彼は傍らに中年の婦人を伴っていた。地味な焦茶の紬を羽織との対で着て、束髪に翡翠《ひすい》の簪を挿した姿はとくにひと目を引くようなものではない。しかしその表情は素朴で明るく、非常に印象のよい婦人であった。

純哉は彼女に寄り添い、大きな旅行鞄《かばん》を持ってやっている。

「母です」

妃奈子と鈴にむかって、純哉は紹介した。高辻夫人は娘よりも若いような年頃の妃奈子達にも丁寧に頭を下げる。

「純哉の母です。息子がいつもお世話になっております」

「はじめまして、仲野《なかの》鈴といいます。今日は御所見学を楽しまれてくださいね」

明るく鈴は答えた。そういえば彼女は先立って純哉と話をしていた。

きっと純哉は、母に御所の庭を見せる許可をもらったのだろう。そのためにここで母親を待っていた。この先は局裏にある山に通じる経路でもある。風光明媚なので、上京してきた母親にはぜひとも見せたい場所であろう。

「海棠妃奈子と申します。こちらこそ高辻さんにはお世話になっております」

高辻夫人は目を瞬かせ、妃奈子と鈴を交互に見比べた。

「なんともまあ、お二人ともとてもお可愛らしいお嬢様方ですこと。こんなめごい方々と一緒に仕事ができるなんて、息子は幸せものですわ」

「お母さん、そういうことではないですよ」

純哉が軽く抗議をすると、高辻夫人は声をあげて笑った。東北訛りがある喋り方は温かみに満ちていた。

「では、これで」

純哉は一礼して、母親とともに立ち去って行った。

時間にすればたいした長さではなかった。彼らは挨拶程度しかしなかったから、けして長居はしていなかった。

にもかかわらず、とてつもなく長い時間が過ぎたように妃奈子は感じていた。ときどき里江の様子をうかがったが、動揺も含めてこれといった感情はうかがえなかった。

「優しそうなお母様でしたね」

屈託なく鈴が言った。

「本当に」

静かに里江が言った。内心で複雑な気持ちになったが、妃奈子は黙っていた。

少しの間をおいて、里江は言葉を絞りだした。

「感じの良い方だこと……」

「先生、ご気分のほうは大丈夫ですか？」

心配そうな顔の鈴に、里江は緩やかに頭を振る。

「大丈夫よ。それよりも明日の演奏、頑張ってちょうだいね」

「はい。首尾よく披露ができましたら、中元の進物を持ってお礼にうかがいますね」

晴れ晴れと答えた鈴に、里江はやわらかく笑う。けれどその笑顔が少しだけぎこちなく見えたのは、自分の気のせいだったのだろうかと妃奈子は思った。物憂げな笑みではけしてなかったのに、このときほどピエタを思ったことはなかった気がした。


お梅ほりの当日は、前日に引きつづき雨は降っていなかった。空には薄暗い雲が広がっていたが、かろうじてもっているという印象である。余興は庭で行うから、それまでもってくれればよいのだがと皆が口々に言っていた。

この日に使う大量の梅の実は、御所の庭のほかに、あちこちにある各離宮の梅林から集めたものだ。ほんのりと色づいたこれを『フネ』と呼ばれる台に載せて、御座所前の縁側まで運ぶのは命婦の仕事だった。なかなかの力仕事で、こういう役目はほぼ例外なく妃奈子が中心になる。ちなみに年配の呉命婦は最初から戦力に数えられていない。内侍や典侍と一緒に御座所で待機している。不満を持つ者もいないわけではないが、腰などやられてはかえって迷惑である。

雇人達の手で西の縁側まで持ちこまれた大量のフネを前に、妃奈子は「よっしゃ」とばかりに袿の袖口をまくりあげた。御納戸色の紗の袿は、藤権命婦から譲られたものだ。数年前に仕立てたものだが、さほど着ないうちになんとなく好みに合わなくなってきたというのでありがたく頂戴した。裄《ゆき》は千加子が上手に直してくれた。小柄な者が多い高等女官の中で藤は大きいほうだったが、それでも妃奈子よりはだいぶ低かった。

官服は何枚あっても困らない。女官の仕事は掃除に配膳、重いものを運ぶなどとけっこうな重労働なので、衣装の消耗が早いのである。

妃奈子も含めた五人の命婦が行き来して、縁側をフネで埋め尽くす。梅の実の甘酸っぱい香りがあたりに満ち溢《あふ》れる。その頃になると畳廊下には、内侍や出仕の少年達が鈴なりに並んでいる。フネをすべて運び終えたところで、畳廊下で同僚の作業を見守っていた呉が「よろしおす」と言った。

「えらそうに」

命婦の中では妃奈子の次に若い杠《ゆずりは》権命婦のぼやきが聞こえたが、とりあえず妃奈子はどちらの発言も聞かないふりをした。ちなみに若いとはいってもそろそろ四十に手が届くという頃だから、年が近いとまではいえない。

その呉の言葉が号令だったのか、庭の植え込みの陰から、演芸の衣装をつけた判任女官達がぞろぞろ出てきた。先頭の者は、色紋付に男袴をつけて、手には扇を携えている。扇舞の装いである。御膳掛の長で阿茶《あちゃ》と呼ばれる女官だ。阿茶という名は個人のものではなく、御膳掛の長に与えられる呼び名である。ちなみに御服掛の長は呉服《くれは》と呼ばれている。

日舞や詩吟の披露のための華やかな絵羽の着物に交じり、紺絣に丈の短い表着に股引《ももひき》といういで立ちの者もいる。頬かむりをした滑稽な装いは安来節の衣装だ。しかもそれが少し前に採用されたばかりの、美少女だと評判の十四歳の御道具掛だったから驚いた。

「可愛いからかえって欲がなくて、ああいう滑稽な格好をするのかしら？」

隣で杠が首を傾げたので、妃奈子は「ちょっともったいない気もしますけどね」と言った。

「器量よしのご新参やからに、決まってますやろ」

呉が口を挟む。命婦はこのあとに梅を放る作業があるので、みな縁側に控えている。呉も畳廊下を降りてきていた。

妃奈子と杠は、二人で同時に呉を見た。呉は痩せてしわに埋もれたようになった唇をくっと持ち上げた。そうなると不思議なほどに肌にはりがよみがえったように見える。この呉という人は、苦笑で済ませられる程度の皮肉を口にするときが一番若々しい。

「御新参の器量よしが、絵羽なんぞで飾りたてて目立ったりしてはあっという間に先輩達に疎まれますやろ。それをしなかったあの娘は利発な娘でおますのやろ」

非常に皮肉な見方ではあるが、なるほどと納得はできる。杠もちょっと口許を歪《ゆが》め、うんうんとうなずいていた。

判任女官達が庭に勢揃いすると、ようやく帝の参上である。とはいえ畳廊下の連中に交じって見学するわけではない。判任女官は帝の姿を見ることは許されていない。御座所の敷居際《しきいぎわ》に葦《よし》の屏風《びょうぶ》を置いて、そこからのぞき見をする形を取る。これをお隙見《すきみ》という。無礼講とはいっても、御所という世界ではやはり一線は越えられないのだ。

すべてが整ったところで、命婦達が庭にむかって梅の実を放る。夏場によく育った芝の上に散らばった梅の実を判任女官達が拾い集める。餅まきのようである。拾い集めた梅の実は各自のものになる。

『毎年梅酒を作るので、一緒に飲みましょう』

明るく誘ってくれた鈴は、波紋を織り出した浅葱色《あさぎいろ》の一越縮緬に、薄紫や白の鉄線の花を散らした涼しげな着物を着ている。

この下賜された梅の実の礼という名目で、判任女官達の余興は披露される。

扇舞は、舞う者と詩吟を唱える者の二人一組だ。色紋付に袴という凛々《りり》しいいで立ちできびきびと舞う。

「巴御前のようやな」

感心したように杠が言う。

「本当に」

妃奈子も同意する。巴御前という人は知っているが、『平家物語』はまだ読んでいない。その姿は浮世絵で観ただけだ。

ほどなくして鈴の出番となった。

華やかな着物姿で達者に三味線を奏でる姿は一流の芸妓か、それにしては姿が初々しいので、半玉から衿替えしたばかりの芸妓といったほうがふさわしい気もする。技術を要する古典曲を難なく弾きこなしている。

「見事なものやな」

珍しく呉が他人を褒めている。

「一生懸命、練習をしていましたから」

「妃奈子さん、妹弟子なんやろ。負けひんように頑張らないと」

なかば冷やかすような杠の言葉に、妃奈子は静かに首を横に振った。

「坂東先生、ご都合で来られなくなりました」

坊門で別れたあと、夜になって直筆の文が届いた。そこには家族が急に倒れたことを理由に、出稽古が無理になったとの詫びが認《したた》めてあった。なんとなくこうなるだろうと思っていたから、承知したお大事になさってくださいという内容の返信をした。

結局、里江が純哉の生母なのかの確認を取ったわけではない。それは妃奈子がするべきことでも、まして純哉に報せることでもなかった。

里江も初音も、そして月草も、自身を保つために深い縁を切り捨てた。その結果に生じた傷は、癒えたと思っていてもときに疼《うず》くことがあるのだろう。妃奈子が母親のことを思いだすたびに複雑な気持ちになるように——その結果、必要以上に母の非をあげつらうことは、いまは自分の心をも守るためにしかたがないと開き直っている。

「そら残念やね。ほなら三味線は辞めはるの？」

「いえ、せっかく柘さんからお道具をかしてもらったので、一人でも稽古は続けようと思っています」

鈴が演奏を終えると、やんややややんやの大喝采となった。三味線を膝から外し、一礼した鈴の顔も誇らしげである。

その後も余興はつづき、笑ったり拍手をしたり、ときには拍子を取ったりで、高等女官と出仕は大賑わいだった。特に御道具掛の美少女がどじょうすくいを披露したときは、畳廊下の観客はもちろん、屏風のむこうで帝も笑い転げていた。傍にいた藪蘭典侍に「あの者の名前は？」と訊いたというから驚きだ。

何十人といる判任女官がそれぞれに余興を披露し終えると、それだけで午後が終わってしまう。この季節だからまだ日は十分に明るいけれど、さすがにはしゃぎつかれた頃に、この催しの最後の見せ場であるくじ引きが行われる。

空くじなしのくじをひき、それぞれに景品が下賜される。これは帝からの賜り物だというから、日頃御尊顔を拝謁することもない判任女官達の感慨も一入《ひとしお》というものだ。もちろん品物を選んだのは高等女官達である。十四歳の帝が香水や白粉の品を自ら選んだというのなら、ちょっと驚いてしまう。

鈴は、黒に薔薇の花を描いたケースがハイカラな棒紅《リップスティック》。御道具掛の美少女は、長襦袢《ながじゅ》用の紅絹《もみ》の反物を引き当てた。年配の人に紅絹の長襦袢は派手過ぎるから、若い彼女にあたってよかったと思う。縁側から見ても、二人が顔を輝かせているのが分かる。

それぞれに下賜品を携えて、判任女官達は庭を離れていった。

それまで耐えていた薄暗い空から、ぽつぽつと小粒の雨が降りはじめたのはその頃だった。そして判任女官達が完全に姿を消したあと、まるで約束でもしていたように雨足が強くなりはじめたのだった。

「みなが晴れ着を濡らさずに済んでよろしおしたな」

「ほんまや。無事に終わってよかった」

「今年は愉快だったこと」

畳廊下で内侍達が話している。妃奈子ははじめての観覧だから比較はできぬが、今年は特ににぎやかであったようだ。

確かに楽しかった。よく笑ったし、興奮した。どきどきもした。

しばし祭りの余韻に浸っていると、隣の杠がつんつんと肩をつつく。

「いかがでしたか。はじめてのお梅ほりは？」

「ええ、とても楽しかったです。いまから来年が楽し——」

そこまで言いかけて妃奈子は口をつぐむ。何気なく口を滑らせかけたが、まだ本採用が決まっていない段階でのこの発言は、増長と受け取られかねない。

（いけない、いけない）

気を引き締めなければ——自らに言い聞かせていると、畳廊下から出仕がいざり出てきた。細い身体に華族学校の詰襟が初々しい少年である。

「海棠さん、御上がお呼びです」

妃奈子は目をぱちくりさせる。何事？　疑問を抱きつつ奥を見る。ちょうどよい間合いで、内侍達が屏風を取り払ったところだった。判任女官達がいなくなったので、帝が姿を隠す必要はもはやない。

傍に上がろうと、腰を浮かしかけたときだった。

「よい名を思いついたんだ」

微笑みを浮かべながら帝が言った。なにを指しているのか分からなかった。きょとんとしていると「源氏名だよ」と告げられる。そういえば先日、涼宮と相談をすると言っていた。

「恐れ入ります。けれどまだ採用が——」

「若苗」

短く、けれどはっきりと帝は言った。

妃奈子は唇をうっすらと開ける。

先日の純哉とのやりとりが、ひょっとして涼宮か誰かの口を通して帝に伝わっていたのだろうか？

「ですが私はまだ……」

「もう決めた」

遠慮がちに口を開く妃奈子に、帝は胸を張る。

「だからお前は絶対に採用されなければいけないよ。万が一にでも不祥事を起こしたら許さないからね」

「──慎みます」

妃奈子は深々と頭を下げた。

求められている。認められている。期待されている。自分を囲む人々の思いがはっきりと伝わってきて、胸が満たされる。

軒端のむこうで、しとしとと雨が降りつづけている。少し前までの肌にまといつくような湿気はなく、雨により涼しさを取り戻した爽やかな空気となった。

この作品は、書き下ろしです。

〈著者紹介〉
小田菜摘（おだ・なつみ）
沖原朋美名義で『桜の下の人魚姫』が2003年度ノベル大賞・読者大賞受賞。2004年『勿忘草の咲く頃に』でデビュー。主な著作に「平安あや解き草紙」シリーズ、「後宮の薬師」シリーズ、「掌侍・大江荇子の宮中事件簿」シリーズなど多数。

帝室宮殿《ていしつきゅうでん》の見習《みなら》い女官《にょかん》
シスターフッドで勝《か》ち抜《ぬ》く方法《ほうほう》

2025年4月15日　第1刷発行　　定価はカバーに表示してあります

著者……小田菜摘《おだなつみ》

発行者……篠木和久
発行所……株式会社 講談社
〒112-8001 東京都文京区音羽2-12-21
編集 03-5395-3510
販売 03-5395-5817
業務 03-5395-3615

本文データ制作……講談社デジタル製作
印刷……株式会社ＫＰＳプロダクツ
製本……株式会社国宝社
カバー印刷……株式会社新藤慶昌堂
装丁フォーマット……ムシカゴグラフィクス
本文フォーマット……next door design

ISBN978-4-06-538893-8　N.D.C.913　258p　15cm

講談社タイガ

白川紺子

海神《わだつみ》の娘

イラスト
丑山 雨

娘たちは海神《わだつみ》の託宣を受けた島々の領主の元へ嫁ぐ。彼女らを娶《めと》った島は海神の加護を受け、繁栄するという。今宵、蘭《らん》は、月明かりの中、花勒《かろく》の若き領主・啓《けい》の待つ島影へ近づいていく。蘭の父は先代の領主に処刑され、兄も母も自死していた。「海神の娘」として因縁の地に嫁いだ蘭と、やさしき啓の紡ぐ新しい幸せへの道。『後宮の烏』と同じ世界の、霄《しょう》から南へ海を隔てた島々の婚姻譚。

講談社
タイガ

白川紺子

海神《わだつみ》の娘

黄金の花嫁と滅びの曲

イラスト
丑山 雨

世界の南のはずれ、蛇神の抜け殻から生まれた島々。領主は「海神《わだつみ》の娘」を娶《めと》り、加護を受けていた。沙来《しゃらい》の天才楽師・忌《き》は海から聞こえる音色に心奪われ、滅びの曲と知らずに奏でてしまう。隣国・沙文《しゃもん》と戦を重ねていた沙来は領主を失い、「海神の娘」累《るい》が産んだ男児は「敵国・沙文の次の領主となる」と託宣を受ける。自らの運命を知り、懸命に生きる若き領主と神の娘の婚姻譚。

講談社
タイガ

天花寺さやか

京都あやかし消防士と災いの巫女

イラスト
セカイメグル

京都市消防局本部の特殊部隊、あやかしの起こす火霊《かりょう》火災《かさい》専門の消防士・瀧本雪也《たきもとゆきや》は、民家の火災で巫女姿の女性を救助する。彼女は京都の名家の養女・鳳美凪《おおとりみな》。風戸《かざと》神社の祭神・烈風《れっぷう》へ嫁ぐ日が迫っていた。邪神の許嫁《いいなずけ》として、あやかしたちの間で「災いの巫女」と虐《しいた》げられ、孤独と絶望の日々を送ってきた美凪。雪也は前世から繋がる彼女との縁を信じ、歪んだ神との誓約に立ち向かう。

講談社
タイガ

芹沢政信

鬼皇の秘め若

イラスト
七原しえ

陰陽一族の花柳院《かりゅういん》家で、彼方《かなた》は存在しなくていい少女だった。次期当主の忌み双子として、人生を諦めていた彼女は鬼の第六皇子・黒楼《コクロウ》と出会う。尊大だが優しい彼に憧れ、彼方は男装して彼が総長を務める百鬼夜廻組《ひゃっきよまわりぐみ》へ入隊する。「お前に愛されたくて、俺は千年生きてきた」伝えられない想いを抱える黒楼と、一癖も二癖もある隊士たちと日々を送る、隠れ溺愛系和風ファンタジー！

講談社タイガ

傷モノの花嫁シリーズ

友麻 碧

傷モノの花嫁

イラスト
榊 空也

猩猩《しょうじょう》に攫《さら》われ、額に妖印《よういん》を刻まれた菜々緒《ななお》。「猿臭い」と里中から蔑《さげす》まれ、本家の跡取りとの結婚は破談。死んだように日々を過ごす菜々緒は、皇國の鬼神と恐れられる紅椿《べにつばき》夜行《やこう》に窮地を救われる。夜行は菜々緒の高い霊力を見初めると、その場で妻にすると宣言した。里を出る決意をした菜々緒だが、夜行には代々受け継がれた忌まわしい秘密が――。傷だらけの二人の恋物語が始まる。

講談社
タイガ

傷モノの花嫁

友麻 碧

傷モノの花嫁2

イラスト
榊 空也

「猿臭い」と虐げられる日々から、夜行に救い出された菜々緒。皇都で夫婦生活が始まり、愛されることを知り始めた菜々緒の耳に、夜行の元婚約者の噂が飛び込む。見目麗しく、世間も認める由緒正しき華族の令嬢。しかも、まだ夜行に想いを寄せているらしい。それに比べて自分は――傷モノは、夜行の妻にふさわしいのか。思い悩む菜々緒に、暗い影が忍び寄る。

講談社
タイガ

友麻 碧

水無月家の許嫁
十六歳の誕生日、本家の当主が迎えに来ました。

イラスト
花邑まい

水無月六花《みなづきりっか》は、最愛の父が死に際に残したひと言に生きる理由を見失う。だが十六歳の誕生日、本家当主と名乗る青年が現れると、〝許嫁《いいなずけ》〟の六花を迎えに来たと告げた。「僕はこんな、血の因縁《いんねん》でがんじがらめの婚姻であっても、恋はできると思っています」。彼の言葉に、六花はかすかな希望を見出す——。天女の末裔《まつえい》・水無月家。特殊な一族の宿命を背負い、二人は本当の恋を始める。

講談社
タイガ

友麻 碧

水無月家《みなづきけ》の許嫁《いいなずけ》2

輝夜姫《かぐやひめ》の恋煩《こいわずら》い

イラスト
花邑まい

水無月六花《みなづきりっか》が本家で暮らすようになって二ヵ月。初夏の風が吹く嵐山での穏やかな日々に心を癒《い》やしていく中で、六花は孤独から救い出してくれた許嫁《いいなずけ》の文也《ふみや》への恋心を募らせていた。だがある晩、文也の心は違うようだと気づいてしまい——。いずれ結婚する二人の、ままならない恋心。花嫁修行に幼馴染みの来訪、互いの両親の知られざる過去も明かされる中で、六花の身に危機が迫る。

講談社タイガ

水無月家の許嫁シリーズ

友麻 碧

水無月家の許嫁3

天女降臨の地

イラスト
花邑まい

明らかになった水無月《みなづき》家の闇。百年に一度生まれる〝不老不死〟の神通力を持つ葉《よう》は、一族の掟で余呉湖の龍に贄子《にえこ》として喰われる運命にあるという。敵陣に攫われた六花《りっか》は無力感に苛まれるも、輝夜姫《かぐやひめ》なら龍との盟約を書き換えて葉を救えると知る。「私はもう大切な家族を失いたくない」嵐山で過ごした大切な日々を胸に決意を固めた六花は、ついに輝夜姫としての力を覚醒させる——!

講談社
タイガ

名探偵倶楽部シリーズ

紺野天龍

神薙虚無最後の事件

名探偵倶楽部の初陣

イラスト
六七質

大学の一角を占有する謎の団体〈名探偵倶楽部《クラブ》〉。一員である白兎《はくと》と後輩の志希《しき》は、路上で倒れた女性にある奇書《きしょ》の謎を解いてほしいと依頼される。不可解な密室、消えた寄木細工の秘密箱、突如炎上する館。不可能犯罪の数々が記された書籍『神薙虚無《かんなぎうろむ》最後の事件』は残酷な真相を指し示すが――。「誰かを不幸にする名探偵なんていりません！」緻密で荘厳な、人が死なないミステリ。

講談社
タイガ

名探偵倶楽部シリーズ

紺野天龍

魔法使いが多すぎる
名探偵倶楽部の童心

イラスト
六七質

人を不幸にしない名探偵を目指す大学生・志希《しき》が出会ったのは、
自らを魔法使いと信じる女性だった。依頼された事件は、師匠の
死。剣が宙を舞い首が落ちる事件で、獄炎使い《フレイム・マスター》も人形師も次々に
犯行を自白するという異常事態を論理で解決せよ！ 「探偵たるも
の、依頼人を信じ抜くのです！」魔法を信じる心に〈名探偵倶楽《クラ》
部《ブ》〉の論理は届くのか。青春の日々が蘇る、やさしいミステリ。